NATALIE SCHUNICHT

mit Andrea Micus

Kimba

Über die Autorin:

Natalie Schunicht wird 1983 in Borken geboren und ist gelernte Kauffrau für Büromanagement. Als sie 14 ist, stirbt ihre Mutter an Krebs, und Natalie kommt in ein Heim. Sie entwickelt zunehmend Ängste, die sie auch durch zahlreiche Therapien und Klinikaufenthalte nicht in den Griff bekommt. Das ändert sich erst, als ein ängstlicher Hundewelpe in ihr Leben tritt. Heute lebt Natalie im Münsterland und arbeitet für eine bekannte Hundezüchterin.

Natalie Schunicht
mit Andrea Micus

KIMBA

Wie ein Hund mir die
Angst vorm Leben nahm

lübbe

Dieser Titel ist auch als E-Book erschienen.

MIX
Papier aus verantwortungsvollen Quellen
FSC www.fsc.org FSC® C014496

Originalausgabe

Textredaktion: Matthias Auer, Bodman-Ludwigshafen
Umschlaggestaltung: Guter Punkt, München | www.guter-punkt.de
unter Verwendung eines Motivs von © Anne Brand – Fotostudio
Satz: hanseatenSatz-bremen, Bremen
Gesetzt aus der Minion Pro
Druck und Verarbeitung: GGP Media GmbH, Pößneck
Printed in Germany
ISBN 978-3-404-61718-0

2 4 5 3 1

Sie finden uns im Internet unter luebbe.de
Bitte beachten Sie auch: lesejury.de

Für Kimba

Ein Hund ist mehr als ein Haustier:
Er ist ein Freund, ein Vertrauter, ein Seelentröster –
ein persönlicher Schutzengel!

KAPITEL 1

»Aber Natalie, du bist ja viel zu dünn angezogen!«

Frau Krüger, meine Lehrerin, steht mir auf dem Pausenhof gegenüber und sieht mich mitleidig an. »Es ist sehr frisch heute, und mit deiner dünnen Bluse erkältest du dich. Bitte geh ins Klassenzimmer und hol deine Jacke.«

Es stimmt. Es ist viel zu kalt, und ich friere entsetzlich. Schon auf dem Schulweg am Morgen habe ich richtig geschlottert, konnte mich dann aber im Unterricht etwas aufwärmen. Jetzt, draußen auf dem zugigen Schulhof, ist mir bitterkalt. Aber ich versuche, mir das nicht anmerken zu lassen.

Lisa, eine der Mitschülerinnen, die mich ständig hänseln, hat sich allerdings schon lustig gemacht und spöttisch: »Natalie hat keine Jacke. Natalie hat keine Jacke!« herumposaunt.

Ich habe mich daraufhin in eine Ecke neben den Toilettentrakt gestellt, mich kleingemacht und gehofft, dass sie mich in Ruhe lässt und die Pause möglichst rasch vorübergeht.

Aber nun hat mich Frau Krüger entdeckt, und ich muss zurück ins Schulgebäude. Ich bin 10 Jahre alt und gehe in die 4. Klasse einer Grundschule in der Nähe von Borken im Münsterland.

Zu gern würde ich gleich eine kuschelige Jacke vom Haken nehmen. Doch leider hängt da keine, weil ich überhaupt keine

Winterjacke besitze. Die vom letzten Jahr passt nicht mehr, und eine neue wollen Mama und Papa mir nicht kaufen. »Du hast genug Klamotten«, hat meine Mutter entschieden und mir verboten, sie noch einmal darauf anzusprechen. Später meinte sie noch, dass ich sowieso schon genug koste und sie es leid sei, mich »teures Blag« ständig neu einzukleiden. Das war vor zwei Wochen, und seitdem gehe ich ohne dicke Jacke in die Schule. Aber außer den Mädchen aus meiner Klasse ist das zum Glück noch niemandem aufgefallen.

»Natalie, komm, wir gehen zusammen«, sagt Frau Krüger, als sie mein Zögern bemerkt. Sie muss spüren, dass etwas nicht stimmt, denn plötzlich legt sie mir ganz vertraut den Arm um die Schulter und schiebt mich vorsichtig Richtung Schuleingang.

Eigentlich möchte ich nicht mitgehen, denn ich schäme mich, dass ich keine Winterjacke habe. Ich lehne mich deshalb auch etwas störrisch zurück, trotte aber dann doch wie ein Sträfling neben ihr her zum Schulgebäude.

Gleich wird die Wahrheit ans Tageslicht kommen, denn ich kann keine Jacke herbeizaubern, und mit jedem Schritt breitet sich das mulmige Gefühl in meiner Magengegend weiter aus.

Frau Krüger ahnt, was los ist.

»Hast du keine Jacke?«, fragt sie leise und sieht mich mitleidig an, als ich mit gesenktem Blick den Kopf schüttle.

»Okay!«, meint sie dann und lächelt. »Ich glaube, du bist schon ein bisschen verschnupft, und verschnupfte Kinder sollten in der Pause im Klassenraum bleiben. Und ich spreche einmal mit deinen Eltern.«

Wenig später sitze ich im leeren Klassenraum an der Heizung und habe ein leckeres Käsebrot vor mir liegen, daneben steht eine Tasse mit warmem Kakao. Frau Krüger hat mir beides spendiert. Sie ist toll.

Ich vermute, sie telefoniert nun mit meinen Eltern und konfrontiert sie damit, dass ich wiederholt nicht richtig angezogen gewesen sei und wiederholt kein Frühstück bei mir gehabt hätte.

Sie hat schon oft bei meinen Eltern angerufen. Das letzte Mal hat sie sie daran erinnert, dass ich dringend Sportschuhe für die Turnhalle bräuchte. Sie meldete sich aber auch schon, weil ich eine Woche lang mit denselben Sachen in die Schule gekommen war und sich Mitschüler beschwert hatten, da meine Kleidung nicht mehr sauber war. Damals haben mir alle ständig »Dreckmaus« nachgerufen.

Frau Krüger will mir helfen. Dafür bin ich ihr dankbar. Aber ich weiß auch, dass sich bei mir zu Hause niemand darum schert, was sie sagt.

Deshalb mache ich mir auch jetzt nichts vor. Ich freue mich nicht mehr auf das, was sein kann, weil es sowieso nie sein wird. Ich freue mich hingegen über das, was gerade da ist: ein wunderbares Käsebrot, das mir vom ersten Bissen an so gut schmeckt wie keines je zuvor.

Neugierig klappe ich die beiden Hälften auseinander. Das frische, weiche Brot ist sogar mit Butter beschmiert, und der golden schimmernde Käse schmeckt ungewohnt würzig.

Ich klappe die Brothälften wieder zusammen und beiße erneut herzhaft in die Scheiben, schließe dabei die Augen und genieße.

Aber ich muss vorsichtig schlucken. Denn wenn ich großen Hunger habe und mein Magen ganz leer ist, bekomme ich Bauchweh, wenn ich zu schnell esse.

Allerdings fällt es mir schwer, langsam zu essen. Denn ich habe immer etwas Angst, hungern zu müssen, und beginne sofort zu schlingen, wenn ich leckeres Essen sehe, das für mich bestimmt ist.

Doch heute will ich es anders, besser machen.

Ich setze mich deshalb auf einen Stuhl am Fenster und sehe auf die große Uhr, die über der Klassenzimmertür hängt. Es ist prima. Ich habe noch reichlich Zeit und kann langsam essen und meine Gedanken schweifen lassen …

Wenn das Lisa sehen könnte!

Lisa ist die Anführerin der gemeinen Mädchen, die mich immer triezen. Sie ist immer die Erste, die hässliche Bemerkungen macht, und wenn sie anfängt, ziehen andere nach, und schnell bin ich wieder das Klassenopfer.

Lisa bringt immer die herrlichsten Pausenbrote mit in die Schule. Sie hat eine rote Butterbrotdose, und wenn sie die in der Pause öffnet, ist sie jedes Mal mit etwas ganz Besonderem gefüllt. Lisa hat immer die besten Schulbrote dabei, mal mit Wurst, mal mit Käse belegt, dazu Obst oder Möhren.

Ich liebe Möhren, aber bei uns gibt es die selten. Es gibt sogar Tage, da gibt es überhaupt nichts mehr. Da ist schon morgens der Kühlschrank leer und die Brottrommel auch, und dann knurrt später in der Schule mein Magen so laut, dass ich den Unterricht störe.

Das sind die Tage, an denen mir Lisa ihre rote Butterbrotdose weit geöffnet vor die Nase hält, »Riech doch mal, riech doch mal« ruft und dann mit ihrer Freundin Annalena kichernd vor meinen Augen in die leckeren Sachen beißt und mir genüsslich etwas vorkaut.

Anfangs habe ich in solchen Momenten geweint. Aber

mittlerweile flenne ich nicht mehr. Ich will nicht, dass sie meine Tränen sehen. Weil ich weiß, dass sie sich daran ergötzen, wenn ich leide.

Sie wollen mich auch leiden sehen, wenn sie über meine Kleidung herziehen und mich als »Kellerassel« beschimpfen oder wenn sie sich über meine alten Malstifte und die abgewetzten Hefte lustig machen.

Ich habe eben keine neuen Sachen. Oft sind in meinen Heften bereits Seiten herausgerissen, weil ich sie von meinen Geschwistern übernommen habe. Außerdem bin ich froh, überhaupt Hefte zu haben.

Aber für Lisa, Annalena und die anderen ist meine sichtbare Armut nur das Startzeichen, um mich auszulachen und richtig fertigzumachen.

»Gib doch mal den Müll her«, haben die beiden einander erst vor Kurzem gerufen und mein Schulheft dann gleich in den Papierkorb geworfen.

Manchmal wehre ich mich dagegen und brülle zurück, dass sie blöd seien und mich zufriedenlassen sollten, aber sie hören nicht auf, sondern ziehen mich so lange weiter auf, bis auch die anderen aus der Klasse alle mitmachen und ich irgendwann weglaufe, nach Hause.

Aber da geht es in der Regel nicht besser zu.

»Bist du dumme Göre wieder abgehauen?«, begrüßt mich meine Mutter, wenn ich schwer atmend vom Rennen nach Hause komme, und beschimpft mich gleich weiter. »Du bist zu doof, um zur Schule zu gehen. Kein Wunder, dass sie dich da nicht haben wollen. Denen gehst du auch auf den Wecker, genauso wie uns.«

Und dann macht sie sich über die Schule lustig. »Aber wenigstens weiß ich jetzt, dass gleich wieder diese komische Frau Krüger anruft. Danke dafür!«

Mamas Beschimpfungen und ihre ständige Kritik tun mir allerdings nur noch ein bisschen weh. Denn ich habe mich längst daran gewöhnt.

»Mama kann nichts dafür«, sagt mein Vater immer, wenn er mich manchmal, wenn er gut drauf ist, vor den Ausbrüchen meiner Mutter in Schutz nimmt. Was er damit meint, weiß leider jeder in unserem kleinen Ort: Mama trinkt und spielt und was sie gerade mehr und häufiger macht, kann niemand sagen.

Eigentlich ist meine Mutter Verena eine tolle Frau. Sie sieht hübsch aus, hat eine sehr frauliche Figur, lange schwarzgelockte Haare und saphirblaue Augen. Mama kann lustig sein, lachen, Witze erzählen.

Aber leider kommt das immer seltener vor. In letzter Zeit liegt sie meist nur noch auf dem Sofa, sieht fern und hält eine Dose Bier in der Hand. Ihre Augen strahlen auch nicht mehr, sondern sehen häufig stumpf und müde aus.

Vom sicheren Sofa aus versucht sie, das Familienleben zu koordinieren, und das ist recht turbulent. Ich habe nämlich noch fünf Geschwister. Zum einen sind da meine zwei großen Brüder, Fabian, der fünf Jahre, und Julian, der drei Jahre älter ist. »Die beiden sind eben in einem schwierigen Alter«, sagt meine Mutter immer, wenn sie sich mal wieder in die Haare bekommen und dabei nicht zimperlich miteinander umgehen. Sie gehen nur unregelmäßig zur Schule, hocken am liebsten in ihren Zimmern und vertrödeln die Zeit. Fabian liebt es zu zeichnen, und Julian putzt ständig seine Angelutensilien.

Mama interessiert sich allerdings nicht dafür, was sie machen. Sie ist froh, wenn die beiden beschäftigt sind und sie selbst in Ruhe lassen.

Dafür lassen sie aber mich nicht in Ruhe: Wenn ich ihnen im Weg stehe, knuffen sie mir kräftig in die Seite, und ab und zu hauen sie auch einfach zu. Ich habe gelernt, ihnen aus dem Weg zu gehen und mich nicht blicken zu lassen, wenn sie mal wieder »nicht gut drauf« sind, was eigentlich immer der Fall ist.

Zudem habe ich noch drei kleinere Geschwister. Sophia ist zwei Jahre jünger als ich, Lucas vier, und unser Nesthäkchen Jonas ist gerade mal zwei.

Weil Mama häufig nur teilnahmslos daliegt und fernsieht, kümmere ich mich viel um die drei Kleinen. Zum Glück trinkt sie neuerdings nicht mehr. Sie war ein paar Wochen in einer Entzugsklinik, und das hat ihr geholfen. Aber sie macht eben auch nichts. Wenn ich aus der Schule komme und Mama es mal wieder »nicht geschafft« hat, Mittagessen zu kochen, übernehme ich das, sofern ausreichend Vorräte da sind. Allerdings geht es häufig daneben. Ich habe mir in letzter Zeit schon einige Mal am Tauchsieder mächtig die Finger verbrannt.

Mein Vater Karl-Friedhelm ist groß und schlank und sieht sympathisch aus. Papa ist gelernter Maler, arbeitet aber im Vertrieb eines kleinen Unternehmens. Er versucht ab und zu noch, uns etwas Familienleben zu ermöglichen. Dann geht er mit uns in den Wald zum Pilze sammeln oder auf die Kirmes, und wir dürfen Karussell fahren. Aber die anfänglich gute Stimmung kippt immer recht schnell. Ich glaube, dass ihm alles über den Kopf wächst und er deshalb ständig herumjammert: Das Leben ist immer »ach so hart« und der Arbeitsplatz »ach so anstrengend« und das Ganze überhaupt »ach so nervig«.

Papa meckert, immer und überall, und scheint mit allem unzufrieden. Das bekommen wir dann zu spüren, und mittlerweile schreit er oft genauso unkontrolliert herum wie unsere Mutter und setzt uns genauso brutal zu wie sie. Ich kann die Schimpfwörter, mit denen er mich und meine Geschwister tituliert, gar nicht alle aufzählen, so viele sind es. Aber »Drecksbrut«, »Rattenbande« und »Blagenpack« sind immer dabei. Er will uns damit erziehen und auf den richtigen Weg bringen, schreit ständig herum, damit wir wissen, was wir machen sollen: Es muss alles jetzt sein, sofort, weil er uns sonst »den Arsch versohlt, bis wir Sterne sehen«, und nicht zu selten werden die Drohungen auch umgesetzt.

Doch was heute gilt, ist morgen für ihn schon wieder anders. Er hat keinen Plan, und damit haben wir auch keinen.

Meistens ist er sowieso irgendwo unterwegs, besucht jemanden aus seiner großen Familie. Ansonsten sieht er auch fern, wie Mama. Allerdings trinkt er dabei nicht und stört sich furchtbar daran, wenn Mama ausnahmsweise auch nur einen Schluck Alkohol trinkt, und dann ergibt ein Wort das andere, und das Ganze gipfelt meist in einem lautstarken und häufig auch handfesten Familienstreit.

Wir Kinder ziehen uns dann schnell in unsere Zimmer zurück, und irgendwann knallen Türen, und unsere Eltern sind weg und wir Kinder allein.

Meist gehen sie dann direkt in ihre Stammkneipe »Bei Dieter«, so heißt der Wirt dort. Mutter spielt sich dann die Sorgen am Automaten weg, und Papa hält große Reden über die Ungerechtigkeit des Lebens.

»Ein Schwätzer«, sagen viele.

»Mein siebtes Kind«, sagt meine Mutter.

Die beiden Großen sollen dann auf uns aufpassen, aber die denken gar nicht daran. Sie machen einfach weiter ihr Ding. Also bin ich für die Kleinen verantwortlich, und das macht mir häufig richtig Angst. Wenn Jonas schreit, auch wenn ich ihn gefüttert und gewindelt habe, oder sich Sophia und Lucas in die Haare bekommen und ich sie nicht trennen kann, fühle ich mich hilflos und regelrecht ausgeliefert und bekomme furchtbare Angst, dass mir alles entgleitet und ich das allein nicht packe.

In meinem Kopf drehen sich dann die schlimmsten Gedanken. Oft stelle ich mir vor, dass meine Eltern einen Unfall haben und nicht wiederkommen. Aber meine Fantasie ist grenzenlos: Jonas verschluckt sich und erstickt. Lucas stürzt und verletzt sich am Kopf. Sophia bekommt hohes Fieber und wacht nicht mehr auf. Alles kann passieren. Jetzt. Sofort.

Zwischen all diesen Horrorbildern in meinem Kopf beginnt mein Herz zu stolpern, ach was, zu rasen. Dann wird mir ganz schummerig vor Augen, und alles dreht sich um mich herum, und die Angst schnürt mir die Kehle zu. Mein Mund wird ganz trocken, meine Hände verkrampfen, und ich kann häufig kaum mehr sprechen. Ich bekomme keine Luft mehr, japse und röchle, immer verzweifelter, voller Todesangst.

Ich möchte dann zu meinen Eltern laufen, damit sie mir helfen und die Angst nachlässt. Aber ich kann ja nicht weg. Ich kann doch die Kleinen nicht alleinlassen.

Doch manches Mal, wenn sie fest schlafen, renne ich einfach los, nach draußen, und suche meine Eltern. Mitten in der Nacht irre ich dann durch die Straßen. Mama finde ich häufig in einer Spielothek vor einem Automaten. Falls ich Glück habe, geht sie mit mir nach Hause. Aber wenn Papa dann irgendwann auch heimkehrt, geht der Zoff gleich wieder los, denn er macht ihr Vorwürfe, dass sie »unser letztes Geld« verzockt.

Eigentlich könnte jetzt alles von vorn beginnen, doch weil mein Vater zu müde, beziehungsweise meine Mutter zu depressiv ist, schlafen sie vor dem immer flimmernden Fernseher ein.

Morgens verschlafen sie häufig, und ich wecke die Kleinen. Frühstück gibt's selten. Meistens essen wir erst mittags. Wenn nichts Brauchbares im Kühlschrank ist, schickt mich Mama auf »Schnorrtour«, wie sie immer sagt. Ich muss dann bei den Nachbarn klingeln und fragen, ob sie uns etwas leihen könnten. Was leihen heißt, weiß jeder: Es gibt nie etwas zurück.

Die Leute, bei denen ich klingle, sind in der Regel nett und stecken mir Nudeln, Käse oder etwas Gemüse zu. Daraus brutzele ich dann ein Essen für uns. Bei zwei meiner »Schnorr-Kontakte« habe ich auch richtig Anschluss gefunden.

Eine Anlaufstelle ist Evi, eine hübsche Frau mit lockigen blonden Haaren, die mit ihrem Mann Harry und den kleinen Kindern Carlotta und Matteo vor einiger Zeit in das Haus gegenüber gezogen ist. Carlotta ist erst drei Jahre alt, ihr Bruder Matteo sechs. Evi hat mich bei meinem ersten Besuch sofort in die Küche geholt, und ich durfte mir aussuchen, was ich zum Essen mitnehmen wollte. Ich habe mir Reis gewünscht und Tomaten, denn das mögen die drei Kleinen am liebsten.

Seitdem bin ich häufig bei Evi, und irgendetwas steckt sie mir immer zu. Harry hat mir auch geholfen, mein altes Fahrrad zu reparieren. Es ist schön, dass sie bei uns wohnen.

Mein anderer Kontakt ist Ulla, eine Frau im Alter meiner Omas. Meine eine Oma ist aber schon tot und die andere, die Mutter meines Vaters, kümmert sich wenig um uns Kinder. Wir sind ihr egal.

Seitdem ich einmal bei Ulla nach Essen gefragt habe, ruft sie mich oft, wenn ich auf dem Weg zur Schule bin.

»Sieh mal, was ich für dich habe«, sagt sie dann und steckt mir ein großes Stück selbst gemachten Kuchen zu. Aber sie hat auch Schokolade für mich, Bananen und vor Kurzem sogar eine Handvoll Erdbeeren. Ich liebe Erdbeeren, weshalb ich mich sehr darüber gefreut habe, denn bei uns gibt es nie welche.

Ulla ist klein und schlank, trägt immer einen langen Rock, eine silberne Brille und hochgesteckte Haare. Ich mag sie sehr. Denn sie ist immer für mich da.

Ich habe ihr schon viel von Mama und Papa erzählt und davon, was bei uns los ist. Sie hört dann stets ganz aufmerksam mit zur Seite gelegtem Kopf zu und gibt mir Ratschläge, wie ich mich verhalten solle. Und sie sagt etwas, das mir noch nie jemand gesagt hat: Sie sagt, dass ich mich auf sie verlassen könne.

Darüber freue ich mich besonders. Denn ich habe niemanden, auf den ich mich sonst verlassen kann. Meine Eltern kümmern sich mehr um sich als um uns Kinder. Die beiden Großen machen, was sie wollen, und die Kleinen klammern sich an mich.

Und wer kümmert sich um mich? Es ist niemand da, und darunter leide ich sehr. Ich bin allein, immer, und die Vorstellung, dass etwas passiert, was ich allein nicht bewältigen kann, verunsichert mich so sehr, dass ich Angst bekomme. Eine Angst, die immer stärker wird und mit der Zeit immer häufiger auftritt.

»Wenn etwas ist, kommst du zu mir«, hat Ulla einmal zu mir gesagt, und als ich noch am selben Tag wieder vor ihrer

Tür stand, hat sie gelacht und mir sofort geholfen. Ich brauchte Geld für die Klassenkasse, und Ulla hat es mir gegeben.

Aber Ulla tut noch viel mehr für mich: Sie hört zu! Wenn ich mich in der Schule über Lisa ärgere, weil sie sich mal wieder über meine alten Sachen lustig gemacht oder meine Stifte versteckt hat, dann kann ich zu Ulla gehen und ihr all meinen Kummer anvertrauen.

»Lass dir doch von diesem dummen Mädchen nichts gefallen. Pfeif auf solche Kommentare«, sagt Ulla bei solchen Anlässen immer, und dabei streichelt sie mir liebevoll über den Arm. Und in diesen Momenten bei Ulla ist die Welt dann nicht mehr so düster und kalt für mich, sondern warm und wohlig.

Manchmal darf ich auch bei ihr fernsehen oder mit dem Playmobil-Haus der Kinder spielen und bin einfach nur selig. Abends zu Hause im Bett denke ich oft, wie mein Leben wohl wäre, wenn Ulla meine Oma oder noch besser meine Mutter wäre, so liebevoll und fürsorglich. Das wäre das Paradies.

Häufig sind tagsüber auch Betreuer vom Jugendamt da, die nach uns Kindern sehen und uns nach der Schule fragen. Wir haben zudem Haushaltshilfen zugeteilt bekommen, die aufräumen, Wäsche waschen und die Fenster putzen. Alle reden, reden, reden dann. Mama hört zu, ist freundlich und hilft auch mit, wenn es an die Hausarbeit geht. Aber wenn die Frauen gehen, geht auch Mama – in die Spielothek oder »ausnahmsweise« mit einer Dose Bier auf das Sofa.

Ja, das ist mein Familienleben, und ich wünschte mir, man würde in der Schule nicht allzu viel davon mitbekommen. Doch mein Heimatort ist klein, die Leute kennen uns, und ich weiß, wie sie über uns sprechen, weil ich es oft genug selbst gehört habe: Wir sind die Asis.

Das tut so weh …

»Ih, guckt mal, Natalie musste drinnen bleiben!« Lisa steht jetzt in der Tür des Klassenzimmers.

Die Pause ist vorbei. Der Unterricht beginnt. Innerhalb von Sekunden sind alle da, und Lisa schafft es wieder, die Klasse gegen mich aufzuhetzen.

»Was hast du denn ausgefressen?«, ruft sie provozierend, und ich denke daran, was Ulla immer sagt: »Lass dich von dem doofen Mädchen nicht aus der Reserve locken.«

Also setze ich mich auf meinen Platz und beame mich weg. Ich denke an etwas Schönes. An ein leckeres Eis, das ich vielleicht bald einmal bei Ulla bekomme.

»Asi, Asi«, ruft da Markus, ein dicker, rotgesichtiger Junge aus meiner Klasse, von ganz hinten.

»Hört ihr mal auf damit?!«

Frau Krüger ist gekommen und fordert Markus auf, sich hinzusetzen und den Mund zu halten.

Der Unterricht beginnt. Endlich ist Ruhe.

*

»Ich kann nicht mitkommen. Mein kleiner Bruder ist krank, und ich muss mich um ihn kümmern.«

Morgen startet unser Klassenausflug. Es geht in eine Jugendherberge nach Dülmen. Aber ich will auf keinen Fall mit und präsentiere Frau Krüger gleich nach dem Deutschunterricht diese Ausrede mit meinem kranken Geschwisterchen.

»Mach dir keine Sorgen wegen der Kosten. Das habe ich doch schon mit dem Schulamt geregelt«, sagt sie beruhigend. Ich weiß das, denn sie hat es mir schon vor einigen Wochen mitgeteilt. Damals habe ich mich auch riesig gefreut, mitfahren zu können, obwohl meine Eltern das Geld für die Fahrt nicht vorstrecken konnten. Die ganze Klasse wird auf einen Reiterhof fahren, und ich liebe Pferde. Aber jetzt will ich doch nicht mit. Denn wenn ich mitfahre, erwartet mich drei Tage lang die Hölle.

Ich habe nichts anzuziehen, nur die alten Lumpen von meinen Brüdern. Mama hat sie nicht mal gewaschen. Ich habe auch keinen passenden Schlafanzug und kein Waschzeug. Ich schäme mich, wenn alle sehen, dass ich wieder nichts dabeihabe. Sie werden mich deshalb den ganzen Tag nur hänseln.

»Ich bringe Kuchen mit«, habe ich Lisa erst gestern rufen hören, und die anderen haben von Schokobonbons gesprochen und tollen Getränken. Und ich? Ich werde mit nichts in den Bus einsteigen. Gut, bestimmt steckt mir Frau Krüger etwas zu. Aber wenn das jemandem auffällt, geht es auch wieder los: »Natalie hat nicht mal Bonbons«, wird Lisa durch den ganzen Bus brüllen und sich dann genüsslich händeweise ihren Kuchen in den Mund stopfen. Ach, ich hasse dieses Biest und will ihr am liebsten gar nicht mehr begegnen, auf keinen Fall aber drei ganze Tage mit ihr verbringen.

Ich bin deshalb so froh, dass mir heute Nacht die Ausrede mit dem kranken Bruder eingefallen ist.

»Aber Natalie, das ist doch nicht richtig, dass du dich immer um deine Geschwister kümmern musst. Ich rufe gleich mal deine Mutter an«, meint Frau Krüger auch sogleich und denkt vermutlich, dass sie damit etwas erreicht.

Sie kann ruhig anrufen. Mama ist doch völlig egal, ob ich fahre oder nicht. Sie wird sagen, dass ich machen könne, was ich wolle, basta.

Und genauso kommt es auch. Ich muss nicht mitfahren. Allerdings soll ich an den drei Tagen, an denen die Klasse unterwegs ist, in die Schule kommen. Das möchte ich aber auch nicht und gehe stattdessen zu Dr. Wurzbach, unserem Hausarzt, um mir ein Attest zu besorgen.

Dr. Wurzbach, ein kräftiger Mann mit Halbglatze und Goldbrille, ist neben Evi und Ulla meine dritte wichtige Anlaufstation. Er hat seine Praxis ganz bei uns in der Nähe. Das erste Mal bin ich bei ihm gewesen, als ich schlimm erkältet war. Mama hat mich mit Fieber zum Arzt geschickt. Ich wollte, dass sie mitkommt, aber sie hatte keine Zeit oder besser: keine Energie.

Ich glaube, ich habe Dr. Wurzbach damals sehr leidgetan, jedenfalls war er von Anfang an total nett zu mir. Er hat mir Medikamente mitgegeben, aber mir auch die Hand um die Schulter gelegt und ganz lieb mit mir gesprochen. Und zum Schluss sagte er einen Satz, der mir noch viele Tage später im Kopf herumspukte: »Du kannst immer kommen, wenn du dich nicht wohlfühlst!«

Und dabei hat er mir sanft über den Arm gestreichelt.

Als ich aus seiner Praxis kam, fühlte ich mich trotz meines Fiebers irgendwie beschwingt. Es war schön, dass es neben Ulla und Evi noch jemanden gab, der sich um mich sorgte und an den ich mich wenden konnte, wann immer ich mochte und es brauchte.

Ich gehe seitdem oft zu Dr. Wurzbach. Neuerdings auch, weil ich schlecht Luft bekomme. Irgendwie gehört das alles zusammen. Erst bekomme ich Angst, dann rast mein Herz, und danach bekomme ich keine Luft mehr und mir wird schwindelig. Vielleicht habe ich das von meinem Vater geerbt oder abgeguckt, denn ihm geht es zu Hause oft so. Er fasst sich ohne Vorwarnung an den Hals, japst verzweifelt und ruft mit angstvoll geweiteten Augen: »Hilfe, ich bekomme keine Luft, Hilfe, ich sterbe!« Ein schlimmes Bild.

So schlimm soll es bei mir nicht werden. Häufig gehe ich deshalb auch direkt aus dem Unterricht zu Dr. Wurzbach. Er hat mir geraten, in solchen Momenten Wasser in kleinen Schlucken zu trinken und an etwas zu denken, was ich gern mache: zum Beispiel malen. Ich male am liebsten die Natur. Sonne. Blumen. Bäume. Und genau das stelle ich mir dann vor.

Heute sage ich ihm, dass sein Trick mit dem Wasser nicht geholfen habe. Denn mein Herz rast schon den ganzen Tag heftig. Vermutlich, weil die Angst vor den kommenden Tagen in mir hochsteigt. Ich will nicht in eine fremde Klasse gehen, in der wieder alle über mich herfallen.

Als ich Dr. Wurzbach von meinen Beschwerden erzähle, nickt er sofort verständnisvoll.

»Ich verstehe«, sagt er und verrät mir noch einen weiteren Trick gegen mein Herzrasen.

»Du denkst wieder an etwas Schönes, und dann isst du dazu noch etwas Scharfes, am besten ein Pfefferminzbonbon. Du wirst sehen, das hilft.«

Er holt eine Blechdose mit besonders scharfen Bonbons aus dem Schreibtisch und legt sie mir hin. Danach schreibt er mir das ersehnte Attest, und ich bin total erleichtert.

»Weißt du was, du legst dich jetzt zu Hause ins warme Bett und ruhst dich aus«, meint er zum Abschied und streckt mir seine Hand entgegen. »Aber anschließend geht es wieder in die Schule, versprochen?«

Ich nicke. »Ja, auf jeden Fall.«

Und das mache ich auch. Denn Dr. Wurzbach lüge ich nicht an.

*

Unsere Toilette ist winzig, hat kein Fenster, und das Licht kann man nur vom Flur aus anknipsen.

Ich kauere auf dem Klodeckel und weine bitterlich.

Ich weiß nicht, wie lange ich hier schon sitze. Eine Stunde, zwei Stunden. Keine Ahnung. Aber es fühlt sich an wie eine Ewigkeit.

Fabian und Julian haben mich eingeschlossen. Sie wollen sich rächen, weil sie glauben, ich hätte sie bei der Frau vom Jugendamt verpetzt. Aber das stimmt nicht. Sie hat bestimmt von einem Lehrer erfahren, dass die beiden nur unregelmäßig zur Schule gehen. Ich habe kein Sterbenswörtchen gesagt. Doch das haben sie mir nicht geglaubt und mich »zur Strafe« auf der Toilette eingesperrt, und weil sie wissen, dass ich mich in der Dunkelheit besonders fürchte, haben sie auch das Licht ausgeschaltet.

Ich weine, schreie, hämmere wie verrückt an die Tür. Ohne Erfolg! Niemand hört mich. Entweder wollen sie mich nicht hören, oder sie sind draußen im Park und lungern mit ihren Freunden auf dem Sportplatz herum.

Mama und Papa sind heute mit den Kleinen weg. Eigentlich sollte ich mit. Aber dann hatte ich wieder Herzrasen, und das ist mir zum Verhängnis geworden, wie schon so oft. Denn wenn ich allein mit den Großen bin, kommt es häufig vor, dass sie mich schikanieren. Sie haben mich auch schon geschlagen, mir Haare ausgerissen und mich gegen die Wand geschubst, einfach nur so, zum Spaß, um ihren Frust auszuleben.

Und heute haben sie mich eben eingeschlossen. Ich bin ihr Lieblingsopfer, weil ich mir nicht alles gefallen lasse und Widerstand leiste. Das stachelt sie auf und fordert sie heraus, mich immer häufiger und noch brutaler zu ärgern.

Jetzt sitze ich hier im Dunkeln und weiß nicht, wohin mit mir. Ich habe furchtbare Angst, wenn ich eingesperrt bin. Es ist dieses Ausgeliefertsein, das mir so zusetzt.

Ich weiß auch, warum das so ist. Ich habe mit Ulla darüber gesprochen, und sie hat es mir erklärt: Für mich ist mein Leben voller Gefahren und Unsicherheiten, und ich glaube, nur durchzukommen, wenn ich die Kontrolle behalte und alles um mich herum im Blick habe. Ich brauche das Gefühl, entkommen zu können, wenn es richtig brenzlig wird.

Jetzt aber kann ich nicht entkommen. Ich bin machtlos, schutzlos ausgeliefert und habe keinerlei Kontrolle über irgendetwas. Ich kann nur ausharren, und das macht mir ganz schlimme Angst.

Die Angst kommt in Wellen. Länger als fünf Minuten hält mein Körper das nicht aus, danach ebbt sie ab. Mein anfangs wild tobendes Herz beruhigt sich. Es pocht sich müde und ist danach irgendwie wie betäubt. Ich habe keine Kraft mehr zur Panik und harre nur noch bewegungslos aus.

Ich lehne an der Wand, mit geschlossenen Augen, und stelle mir vor, dass meine Eltern heimkommen und mich retten. Aber es sind nur Verschnaufpausen, bevor alles wieder von vorn beginnt. Es ist die berühmte Ruhe vor dem Sturm, der mit einer nächsten Angstattacke wieder losgeht.

Ich weiß nicht, wie lange ich so im Dunkeln ausharre. Irgendwann höre ich die Stimme meines Vaters. Er muss im Flur sein, und da schreie ich, so laut ich kann, um Hilfe.

Papa öffnet die Tür, und ich laufe heulend an ihm vorbei in mein Zimmer. Wenig später höre ich Mama brüllen: Die Großen dürfen uns Kleinen nicht ärgern, und wenn sie es trotzdem tun, setzt es »Backpfeifen«, wie Mama immer sagt. Wenig später höre ich es schon knallen, da kennt sie nichts …

*

»Wir machen einen Ausflug!«

Mama sitzt am Küchentisch und trinkt ihre zweite Tasse Kaffee. Im Fernsehen haben sie gerade gesagt, dass heute den ganzen Tag über die Sonne scheine und kein Regen zu erwarten sei. Es ist Mai und einer der ersten schönen Frühsommertage.

»Los, packt eure Sachen«, fordert sie uns auf. »In einer halben Stunde geht's los.«

Mama ist richtig gut gelaunt. Das liegt an der Kur, die wir gemeinsam gemacht haben. Mama, ich und die drei Kleinen waren sechs Wochen am Bodensee zu einer Mutter-Kind-Kur. Dort hatten wir jeden Tag Programm mit Sport, Schwimmen und sogar Ausflügen. Ich habe das sehr genossen. Besonders das regelmäßige, leckere Essen und die viele gemeinsam verbrachte Zeit. Es war schön, sich als Familie zu fühlen.

Seit unserer Rückkehr unternimmt Mama auch zu Hause etwas mit uns. Wir sind schon, organisiert vom Kreuzbund, einer Selbsthilfegruppe für Alkoholkranke, mit der ganzen Familie in einem Märchenpark gewesen und in einem Zoo. Heute möchte Mama mit uns ins Freibad. Wir freuen uns riesig, haben aber auch Angst.

Anfangs hat Mama gar nicht mehr getrunken, oder zumindest habe ich es, wenn sie es doch tat, nicht gesehen. Sie ist abends jedenfalls immer zu Hause geblieben und hat ferngesehen, ohne ein Bier in der Hand.

Aber das ist mittlerweile schon wieder anders. Mama trinkt zwar selten, aber immer häufiger ein bisschen und geht auch wieder häufiger in die Spielothek. Ich habe mitbekommen, dass sich Papa darüber aufgeregt hat und nicht wollte, dass sie geht, weil sie »wieder unser ganzes Geld verzockt«. Aber Mama macht, was sie will, und jetzt ist sie wieder regelmäßig dort. »Irgendwann knacke ich den Jackpot, und wir sind reich«, redet sie sich seit Langem ein – aber wir sind nicht reich, ganz im Gegenteil.

Wenigstens die gute Laune und die Lust auf Unternehmungen sind jedoch noch da. Deshalb gehen wir heute baden. Fabian möchte nicht mit, aber ansonsten ist die Familie vollzählig. Wir packen sogar zwei Plastikbälle ein, um damit im Wasser zu planschen.

Und der Tag ist wirklich toll. Wir Kinder sind oft allein im Bad, aber gemeinsam mit den Eltern, das ist ein bisschen wie ein Fest. Wir sausen ausgelassen auf der Wasserrutsche herunter und schwimmen viel. Unsere Eltern sitzen auf der Wiese auf einem Handtuch und dösen vor sich hin.

Es ist so schön, dass wir die Zeit vergessen. Erst als wir vor Kälte zittern, laufen wir zurück zu ihnen. Aber Mama hat nicht genug Handtücher für uns mitgenommen. Wir frieren, doch sie bleibt locker.

»Lauft herum, bleibt in Bewegung, dann trocknet euch die Luft«, ruft sie uns zu.

Aber so richtig scheint das nicht zu wirken. Denn ich renne

wie eine Verrückte und friere trotzdem. Jonas weint sogar, weil ihm so kalt ist, und ich ziehe ihm schnell ein T-Shirt über.

»Kommt, wir spielen Fußball«, ruft Papa und schießt einen der Bälle in unsere Richtung. Das ist eine super Idee, denn beim Spielen denken wir nicht mehr ans Frieren, sondern ans Tore schießen und laufen uns so richtig warm.

Danach sitzen wir alle zusammen und essen Butterbrote, die Mama uns mitgebracht hat. Es ist wunderschön friedlich.

»Wisst ihr was, wenn es morgen nicht regnet, gehen wir noch einmal schwimmen. Aber dann nehmen wir auch Handtücher mit«, scherzt Papa.

»Morgen geht ihr bitte allein«, meint Mama. »Denn ich fühle mich etwas schlapp.«

»Schlapp? Ich denke, du hast Durst und willst bei deiner Freundin wieder eine Dose Bier aufmachen. Meinst du, ich bekomme das nicht mit!«, donnert Papa da unerwartet heftig dazwischen, und einen Moment lang habe ich Angst, dass die Stimmung kippt und sich beide hier im Freibad streiten.

Aber es bleibt ruhig. Papa scheint sein Ausbruch sogar leidzutun, denn er streicht Mama schnell liebevoll über den Rücken.

»Mach, was dir guttut. Wenn du Ruhe möchtest, leg dich nach dem Frühstück hin, und ich gehe allein mit den Kindern.«

Hinlegen, denke ich? Nicht fernsehen wie üblich? Komisch! Seit der Kur hat sich etwas verändert. Das spüre ich nicht nur, das ist für alle ersichtlich.

KAPITEL 2

»Natalies Mutter ist sehr krank. Sie hat Krebs«, sagt meine neue Lehrerin, Frau Balz, vor der versammelten Klasse. Sie weiß es angeblich von meinem Vater und will jetzt erklären, warum ich künftig etwas Rücksicht und »Schonung« bräuchte.

Ich erstarre, denn so direkt hat es mein Vater mir nicht gesagt. »Mama fühlt sich nicht wohl« oder »Mama muss öfter mal zum Arzt« sind seine Formulierungen, wenn es meiner Mutter nicht gutgeht und sie immer mal wieder eine Zeit lang ins Krankenhaus muss.

Aber Frau Balz belässt es nicht dabei. Sie sagt auch leise: »Das kommt auch vom vielen Trinken.«

Zack! Ein Satz wie eine Ohrfeige.

Ich bin jetzt so überrascht und getroffen, dass ich vor Wut mein Schulbuch durch die Klasse werfe, aufspringe und aus dem Raum laufe. Danach ist Frau Balz für mich nur noch »eine widerliche Hexe«, wie ich ihr später auch auf dem Flur entgegenzische.

Mein Auftritt bleibt nicht folgenlos: Ich fliege von der Schule! Meine Noten sind generell zu schlecht und Fehltage zu häufig. Der Ausraster mit Frau Balz hat das Fass nun zum Überlaufen gebracht. Frau Krüger, die mich immer unterstützt hat, wollte mir auch dieses Mal helfen, konnte den Schulverweis aber nicht mehr verhindern.

Ich komme auf eine spezielle Schule mit besonderer Erziehungshilfe, bin das einzige Mädchen und fühle mich hier noch weniger wohl. Die Lehrer machen mir mit ihrer Strenge und Konsequenz noch mehr Angst, und die Mitschüler grenzen mich als »die Neue« noch mehr aus.

Schon bald nehme ich mir gar nicht mehr vor, mich zu bemühen. Denn zu Hause liegt Mama, seit einiger Zeit spindeldürr und kaum noch ansprechbar. Sie ist kurz nach unserem Schwimmbadausflug erneut in die Klinik gegangen und erst vor Kurzem zurückgekommen, jetzt allerdings sichtlich krank. Sie kann nicht einmal mehr etwas essen, erhält Astronautennahrung und dämmert auf dem Sofa meistens teilnahmslos vor sich hin, mit halb geöffnetem Mund. Ein Anblick, den ich keine Sekunde des Tages vergessen kann.

Papa ist so gut wie gar nicht mehr da. Wir vermuten, dass er zu seinen Kumpels in die Kneipe geht, um sich auszuheulen. Dabei steht es angeblich nicht so schlimm um Mama. »Sie wird bald wieder gesund«, sagt er immer, weint aber dabei. Wenn ich von Krebs spreche, antwortet er nicht. Etwas passt da nicht zusammen, da bin ich mir längst sicher.

Deshalb versuche ich bei jeder Gelegenheit, zu Hause zu bleiben, und denke mir auch Krankheiten aus, um an Entschuldigungen zu kommen.

Meine Noten bleiben auch an der neuen Schule schlecht, und meine Fehltage sind genauso zahlreich. Aber das ist mir ganz egal.

Ich möchte in Mamas Nähe sein und bin auch heute deswegen zu Hause geblieben. Zuerst habe ich ihr wieder aus der Apotheke Päckchen mit Astronautennahrung geholt und mich dann einfach zu ihr gesetzt.

Mama kann fast nicht mehr sprechen, aber sie ist wenigstens da. Bei mir. Das zählt.

»Komm, Mama, ich lese dir etwas vor«, schlage ich vor, nehme eine Illustrierte und lese ihr den abgeschlossenen Kurzroman daraus vor. Es geht um Liebe und Urlaub, um Palmen und Sonne. Ich weiß gar nicht, ob sie zuhört, aber das ist auch nicht wichtig. Ich spüre, dass es ihr guttut, wenn ich ihr vorlese, weil sie dann ruhig und friedlich atmet. Oft greift sie auch nach meiner Hand, drückt sie sogar ein bisschen.

Ich halte ihre knochigen Finger und fühle eine Mischung aus Wärme und Grusel.

Da wendet sie mir den Kopf zu, ganz leicht, und öffnet ihre Augen.

»Pass auf Jonas auf, hörst du. Papa kann das nicht!«

Ihre Augen blicken mich fast schon hilfesuchend an.

Ich nicke.

»Ja klar, das mache ich. Ich passe immer auf Jonas auf, versprochen«, hasple ich und kann ihre Sorgen im Moment nicht richtig einordnen.

Ich möchte fragen, wie sie das meine. Aber dazu komme ich nicht mehr. Sie hat die Augen wieder geschlossen und schläft scheinbar fest.

Da lege ich mich einfach zu ihr auf das Sofa und kuschle mich ganz eng an sie. Aber ich muss aufpassen, dass ich ihr nicht wehtue: Ihr ausgezehrter Körper ist zerbrechlich wie ein kleines Vögelchen – und plötzlich schreit sie vor Schmerzen auf.

Ich schäme mich, dass ich so massiv ihre Nähe suche, und setze mich schnell wieder in den Sessel, nehme eine Zeitung und lese ihr die Lokalnachrichten vor. Irgendwann höre ich sie leise und ruhig atmen. Sie ist eingeschlafen, und ich weine.

Ich verspüre immer größere Angst, dass sie nicht wieder gesund wird und ich sie verliere. Denn auch wenn es mit Mama nicht immer leicht ist und wir häufig aneinanderrasseln, liebe ich sie wie keinen anderen Menschen auf der Welt. Es ist eine Angst, die noch schlimmer ist als die Angst bisher. Sie macht mich auch jetzt wieder atemlos und lässt mein Herz rasen und stolpern. »Bloß nicht bewegen«, denke ich und setze mich aufrecht hin, ganz starr, und versuche, langsam und vorsichtig zu atmen, denn für einen kurzen Moment denke ich, ich müsse jetzt und hier sterben, mit gerade mal 13 Jahren.

Später, Mama schläft immer noch ganz fest, laufe ich zu Dr. Wurzbach in die Praxis.

Die Sprechstundenhilfe ist nett und lässt mich gleich zu ihm. Ich erzähle ihm von meinen immer häufiger auftretenden Herzproblemen. Aber er gibt mir keine Tabletten, wie ich es mir wünsche, sondern mal wieder einen neuen Tipp, was ich machen solle, um mich besser zu fühlen – Wasser trinken und Pfefferminz lutschen reicht nicht mehr. Ich solle jetzt einfach kalt duschen. Aber ich habe insgeheim Zweifel, ob das helfen wird.

*

»Eure Mutter ist jetzt doch sehr krank.«

Als Papa diesen Satz sagt, sitzen wir alle um den Esstisch herum und sehen ihn fragend an. »Sie muss längere Zeit ins Krankenhaus«, erklärt er weiter und ringt um Fassung.

Bei dem letzten Satz wird mir schwarz vor Augen. Krankenhaus? Für längere Zeit? Das heißt, wir sind für längere Zeit allein. Genau davor habe ich mich die ganze Zeit so gefürchtet.

Wenig später fährt man Mama in die Klinik nach Münster. Ich kann mich noch kurz von ihr verabschieden, bevor man sie zum Krankenwagen bringt.

Gut, ich bin dann nicht wirklich lange allein, irgendjemand von unserer großen Familie ist immer mal da, meine Tanten, Cousinen. Auch Mitarbeiter vom Jugendamt kommen häufig vorbei und reden unter anderem auch auf mich ein. Ich solle die Schule nicht vernachlässigen und nicht immer sofort so aufbrausend reagieren.

Ich lasse das alles über mich ergehen, höre aber gar nicht richtig hin, sondern nicke nur und mache weiterhin, was ich will und für richtig erachte. Ich verspüre unterschwellig eine riesengroße Unruhe und ahne, dass eine entscheidende Veränderung eintreten wird – und genau das passiert dann auch.

»Natalie, du sollst bitte nach Hause zu deinem Vater kommen, sofort!«, flüstert mir Frau Fritschi, eine Aufsicht aus der Tagesgruppe, aufgeregt zu. Ich bin jeden Tag nach der Schule hier, um meine Hausaufgaben zu erledigen.

Sie ist gleich nach dem Mittagessen zu mir gekommen und sieht mich jetzt sogar ein bisschen mitfühlend an. Es ist das erste Mal, dass ich im Blick einer der Betreuerinnen hier ein wenig Zuwendung entdecke.

»Heißt das, ich kann gehen?«, frage ich unsicher. Normalerweise werde ich fast schon lückenlos überwacht und muss mich für jede Fehlstunde rechtfertigen. Aber sie nickt nur: »Ja, und fahr bitte direkt nach Hause. Hörst du?«

Warum darf ich plötzlich so einfach gehen? Was bedeutet das? Aber ich will gar nicht lange nachdenken, sondern nutze die Situation.

Schnell schnappe ich meine Tasche und laufe aus dem Gruppenraum. Ich nehme den Linienbus nach Hause und ahne, dass etwas mit meiner Mutter ist. Denn gestern Abend ist überraschend Vicky, Papas Schwester, bei uns aufgetaucht, und hat gefragt, wer noch mal mit zu Mama in die Klinik fahren möchte. Es gehe ihr sehr schlecht. Mamas Schwestern sind dann mitgegangen, doch Papa konnte nicht. Er hat nur geweint.

Ich wollte auch unbedingt mitkommen, bei Mama sein, aber die Erwachsenen haben das nicht zugelassen. Wir »Kleinen« waren in der Klinik nicht erwünscht. Ich habe getobt, geschrien, um mich geschlagen. Ohne Erfolg! Papa hat mich angebrüllt, dass ich gefälligst Ruhe geben und mich um meine Geschwister kümmern solle.

Ich habe geweint, sogar richtig darum gefleht, mitkommen zu dürfen. Aber geändert hat es nichts. Einen Moment lang dachte ich daran, abzuhauen und allein nach Münster zu fahren. Aber das habe ich mich nicht getraut. Ich konnte ja die Kleinen nicht im Stich lassen.

Ob ich jetzt allerdings doch nach Münster fahren kann, um Mama zu sehen? Oder geht es gar nicht um Mama? Ist etwas mit meinen Geschwistern? Habe ich gestern etwas falsch gemacht? Ist jemand durch meine Schuld verletzt worden? War das Essen verdorben, und Jonas ist krank?

Im Bus drehen sich die Gedanken immer schneller in meinem Kopf, und die Selbstzweifel flackern immer heftiger auf. Mit jedem Meter, den der Bus Richtung zu Hause fährt, werden meine Befürchtungen größer. Ich kann mir mittlerweile alles vorstellen, sogar, dass sich mein Vater vor einen Zug geworfen hat, womit er schon mehrfach drohte, und die Angst, eine furchtbare Angst, ist mein ständiger Begleiter.

Aber es ist das Naheliegende. Als ich ins Wohnzimmer

komme, sind mein Vater und meine Geschwister da, aber auch viele Verwandte. Niemand sagt ein Wort, alle sehen nur zu Tante Vicky, die am Eckschrank lehnt, mit dem Telefon in der herunterhängenden Hand. »Verena ist tot«, sagt sie mit bebender Stimme. »Das Krankenhaus hat gerade angerufen.«

Ich glaube das nicht. Mama ist tot. Das geht nicht. Ich knalle meine Schultasche in die Ecke und renne aus dem Haus. Ich habe kein Ziel, will nur nicht stehen bleiben, denn ich ertrage jetzt keine Ruhe, kein Stille. Mein Inneres bebt, und mein Herz droht zu explodieren. Ich kann die Gedanken nicht mehr kontrollieren und damit auch nicht die Angst, die mich flattern lässt wie ein sterbender Vogel.

Ich weiß nicht, wie lange ich ziellos durch die Straßen renne. Irgendwann bin ich zu müde zum Laufen und flüchte mich zu Evi.

»Kann man ohne Mutter leben?«, frage ich sie, noch in der Tür stehend, und dann breche ich weinend in ihren Armen zusammen. »Meine Mama, meine Mama ist tot«, schluchze ich völlig aufgelöst.

Die ganze grausame Wahrheit holt mich jetzt ein, und ich zittere so stark, dass mich Evi zum Sofa bringt und mir etwas zur Beruhigung gibt. Als ich langsam einschlafe, bin ich dankbar, nicht mehr leiden zu müssen.

*

Die Zeit danach verbringe ich wie in Trance. Ich erinnere mich noch daran, dass meine Tante mir schwarze Kleidung bringt und ich mit Evi hinter dem Sarg herlaufe. Ich erinnere mich auch noch daran, dass ein junges Mädchen neben meinem Vater geht: Leonie. Sie ist etwas jünger als mein Bruder Fabian, und ich kenne sie aus seiner Clique, denn sie war einige Mal bei uns zu Hause. Sie stützt meinen Vater, und er fällt ihr immer wieder weinend in ihre Arme.

Warum gerade in ihre Arme?, frage ich mich und bekomme wenig später die Antwort.

»Das ist seine Freundin«, höre ich in der Kirche eine Nachbarin murmeln und empfinde den Satz wie einen Messerstich. Da vorn im Sarg liegt meine Mutter. Es kann doch nicht sein, dass mein Vater seine neue Freundin mit zur Beerdigung bringt …

Der Rest des Tages verschwindet hinter einem Tränenschleier. Obwohl ich nicht wirklich etwas fühle. Ich bin mehr wie eine Zuschauerin, die sich einen sehr traurigen Film ansieht. Und die ganze Zeit hält mich die Angst gefangen. Die Angst vor der Zukunft: Wie soll es weitergehen, für mich und für die Kleinen?

Und plötzlich höre ich Mama wieder diesen Satz sagen: »Pass auf Jonas auf!« Und jetzt verstehe ich, was sie damit meinte. Sie hat gewusst, dass sie sterben muss, und wollte mich schonen. Meine Mama, sie hat mich geliebt!

Ich werde ihren Wunsch erfüllen, irgendwie. Aber ich habe auch Sorge, ob ich es kann. Ich bin doch erst 14 Jahre alt und weiß nicht, ob ich das packe.

Meine Zuflucht in den kommenden Tagen ist Dr. Wurzbach. Er macht eine Ausnahme und drückt mir bläuliche Pillen in die Hand. Sieben Stück, für eine Woche.

Sie helfen.

*

»Sucht mich nicht. Ich will und kann ohne Verena nicht leben. Wir sehen uns wieder. In einer anderen Welt!«

Papa hat die wenigen Sätze auf eine aus einem Block herausgerissene Seite gekritzelt und sie auf den Küchentisch gelegt. Es ist Sonntag früh, noch nicht einmal acht Uhr. Ich möchte Frühstück machen und finde diesen Brief. Mit zittrigen Fingern lese ich die Zeilen mehrmals.

Verstehe ich das richtig? Papa ist jetzt auch weg? Abgehauen? Will er sich umbringen?

Ich renne aus dem Haus, um ihn zu suchen. Aber ich muss nicht weit laufen. Papa sitzt auf einer Bank in einer kleinen Grünanlage. In sich zusammengesunken, mit gefalteten Händen, hockt er da wie ein Häufchen Elend.

Ich bin maßlos enttäuscht. Wir bräuchten jetzt eine starke Vaterfigur, jemanden zum Anlehnen. Stattdessen haben wir einen Erzeuger, der Abschiedsbriefe schreibt.

Er lehnt sich an uns Kinder an, mit seinem ganzen Gewicht, und nimmt uns damit das letzte bisschen Atem, das uns noch geblieben ist.

»Pass auf Jonas auf. Dein Vater kann das nicht!«

Ich höre wieder diesen Satz meiner Mutter. Papa ist in ihren Augen ja nie erwachsen geworden, wie sie immer so oft gesagt hat. Es stimmt. Er kann die Vaterrolle nicht ausfüllen. Er ist unbeherrscht, hält nichts durch und zerfließt vor Selbstmitleid. Bei Papa dreht sich immer alles nur um ihn selbst, aber niemals um uns Kinder.

»Komm, Papa, lass uns gehen!«, sage ich schlicht und hake ihn unter. »Leg dich zu Hause hin und erhol dich.«

Ich sage diese Sätze ohne Liebe und Verständnis. Wenn es Gefühle bei mir gibt, sind es Enttäuschung und Mitleid.

Papa lässt sich ohne Widerstand unterhaken und nach Hause bringen, und dabei heult er wie ein Kind, dem man sein Spielzeug weggenommen hat. Denn er weint nicht aus Trauer, er weint, weil er nach Aufmerksamkeit heischt.

Auf dem Weg nach Hause begreife ich endgültig, dass ich auf mich allein gestellt bin: Es ist wahr, meine Mutter ist tot, und es ist wahr, mein Vater ist ein Kind. Wenn ich überleben will, muss ich kämpfen, für mich und für meine kleinen Geschwister.

Auf dem Heimweg an diesem kühlen Herbsttag werde ich erwachsen.

*

»Schatz, schalt doch den Krimi an!« Papa hantiert mit der Fernbedienung herum, während sich Leonie die Nägel lackiert.

Die Nachbarin hat recht gehabt. Leonie ist tatsächlich Papas Freundin und lebt jetzt bei uns. Sie teilt mit uns Kindern das Leben und mit Papa das Bett. Sie ist erst 18 Jahre alt und ähnelt äußerlich ein bisschen unserer Mutter: Sie ist klein und zart und hat schulterlange schwarze Haare.

Papa hat uns Kindern nicht mal gesagt, dass Leonie jetzt bei uns bleiben werde. Sie ist einfach da, und wir müssen das akzeptieren. Meistens sitzen die beiden auf dem Sofa und sehen fern, häufig irgendwelche krawalligen Talkshows. Gut, manchmal hilft Leonie ein bisschen, den Haushalt zu organisieren, und betreut auch mal die Kleinen. Aber das ist selten, meist übernehme ich das. Die beiden Turteltauben haben genug mit sich zu tun.

Deshalb gibt es bei uns nach wie vor Tage, an denen außer Brot und Margarine nichts im Kühlschrank ist und ich wie immer durch die Nachbarschaft laufe und mir das Essen zusammenschnorre. Häufig schleppe ich die Kleinen auch einfach mit zu Ulla, denn bei ihr dürfen wir uns an den Tisch setzen und so viel essen, wie wir mögen. Es gibt Spaghetti, Hackfleischbällchen, Gemüse, Pudding, Obst, einfach alles, was lecker ist. Meistens packt sie uns sogar noch etwas ein und steckt uns ein paar Euro zu.

Auch Evi gibt uns immer wieder Essen.

Der Einzige, von dem wir häufig nichts zu erwarten haben, ist unser Vater.

Wenn ich ihm sage, dass ich einkaufen möchte, zuckt er manches Mal nur mit den Schultern und murmelt: »Ich habe im Moment nichts!« Aber er hat genug Geld, um seinen »schwarzen Engel«, wie er Leonie immer nennt, mit Geschenken zu überhäufen und mit ihr zu einer dämlichen Katzenausstellung zu fahren oder einen Mittelaltermarkt und ein Festival zu besuchen.

»Verdammt, denk doch darüber nach, was du mit dem Geld anstellst, bevor du nichts mehr hast«, brülle ich ihn einmal an, als ich wieder vor dem leeren Kühlschrank stehe, wo doch Jonas in seinem Kindersitz am Tisch sitzt und etwas essen möchte. Ich schreie so laut, dass Jonas weint und ich ihn trösten muss. Aber ich bin einfach richtig sauer, und das äußert sich immer häufiger, indem ich aggressiv werde.

Wenn mich etwas richtig ärgert, lasse ich es ungefiltert heraus, und manchmal auch mit Sicherheit zu heftig. Es ist ein letzter Versuch, gehört zu werden und Aufmerksamkeit zu bekommen. Ich schreie, brülle, kreische. Und nicht nur das, ich randaliere auch, werfe mit Sachen, trete gegen Türen, reiße Bilder von den Wänden, alles nur, weil ich mir nicht mehr anders zu helfen weiß.

In der Schule habe ich mir deshalb schon mehrfach Ärger eingehandelt und musste auch wiederholt zum Direktor. Ich habe Mitschüler mit Stühlen beworfen, ein Mädchen verprügelt, wiederholt in den Pausen geraucht, obwohl es strikt verboten ist. Immer wieder haue ich auch einfach aus der Schule ab. Ich habe dann schlimmes Herzrasen und kann mich gar nicht mehr beruhigen.

Ich weiß auch, warum das so ist. Seit Mamas Tod wächst mir zunehmend alles über den Kopf, und der letzte Rest unseres Familienlebens droht auch noch komplett verloren zu gehen. Ich habe Angst vor der Zukunft, und dass diese berechtigt ist, bestätigt sich schneller als gedacht.

»Die Kinder brauchen geordnete Verhältnisse«, höre ich eines Tages eine Dame vom Jugendamt sagen.

Sie sitzt mit meinem Vater in der Küche. Die beiden bemühen sich zwar darum, leise zu sprechen, aber die Tür ist nur angelehnt, und ich bekomme problemlos mit, worum es geht.

Da sich mein Vater weiter in Selbstmitleid suhlt, hängt alles an mir, und da ich nicht perfekt bin, fällt schnell auf, dass bei uns nichts rundläuft. Leider auch den Behörden.

»Natalie ist überfordert. Wir werden für sie und die Kinder eine andere Lösung finden müssen!«

Lösung? Ich erstarre. Wie soll die denn aussehen, und wieso lässt Papa das zu? Warum reißt er sich denn jetzt nicht endlich mal zusammen? Er muss doch für den Erhalt der Familie kämpfen!

Aber von ihm kommt kein Ton. Er fügt sich in das Unausweichliche. Er ist nicht nur ein unreifes Kind, er ist auch ein schwaches Kind.

Ich bin traurig und wütend zugleich.

*

Ich erkenne das Fahrzeug sofort. Es ist ein dunkler Kombi, und es steigen ein Mann und eine Frau aus, die typisch nach Jugendamt aussehen. Man erkennt sie an ihren ernsten Gesichtern und der Aktentasche mit all den Papieren.

Mit wenigen Schritten bin ich oben und stoße die Tür zum Kinderzimmer auf. »Los kommt, die wollen uns holen«, flüstere ich und signalisiere den beiden Kleinen, still zu sein. Dann hole ich Sophia zu uns herüber, und zu viert kauern wir uns in eine Ecke.

»Keinen Mucks, seid still, dann hauen die wieder ab«, flüstere ich. »Seid leise, unbedingt«, bläue ich ihnen weiter ein. »Keiner sagt auch nur einen Pieps.«

Wir hören Schritte, dann das Klingeln.

»Psst«, zische ich und lege vielsagend den Finger auf meine Lippen.

Verdammt. Jonas weint plötzlich. Hoffentlich schluchzt er nicht zu laut.

Ich halte ihm den Mund zu. Die Leute von Jugendamt sollen doch denken, dass niemand da ist.

Da beginnt auch Sophia zu schniefen. Mit Jonas im Arm beuge ich mich zu ihr hinüber, lege ihr meine andere Hand vor den Mund.

»Bloß keine Geräusche, hört ihr!«

Wir harren minutenlang so aus. Mein Herz schlägt dabei wie wild, denn ich habe Angst, dass mein Plan nicht aufgeht.

Aber dann kommt die Erlösung. Ich höre wieder Schritte. Die Leute vom Jugendamt gehen zurück zum Auto. Der Wagen startet. Es ist vorbei und noch einmal gut ausgegangen.

»Ihr könnt weiterspielen«, sage ich und küsse den Kleinen auf die Wangen. »Wir sind sie los. Hurra!«

Den Rest des Tages bleiben wir zusammen, ganz eng. Wir spielen zusammen »Mensch ärgere dich nicht«, kochen Spaghetti, kichern und albern herum. Ich bin bereit, für diese kleine Restfamilie zu kämpfen. Wo Papa sich aufhält, ist mir egal. Vermutlich treibt er sich irgendwo mit seiner Leonie herum. Es ist interessiert mich nicht.

Das Duo vom Jugendamt kommt aber noch zweimal wieder. Doch nun bin ich besser vorbereitet und lasse sie erst gar nicht bis vors Haus kommen. Breitbeinig postiere ich mich auf dem Zugangsweg zum Haus und zeige ihnen deutlich, dass sie keinen Schritt weiter dürfen.

»Wir kommen allein klar!«, schreie ich, so laut ich kann, und tatsächlich verschwinden sie wieder, nachdem sie nach Papa fragten, der sich wieder irgendwo herumtreibt.

Ich habe gewonnen. Doch die ständige Bedrohung, die Unsicherheit, nicht zu wissen, wann wieder jemand auftaucht, setzt mir zu und äußert sich in einer immer stärker werdenden Angst, die mich mittlerweile mehrmals täglich überfällt und lange quält.

*

Mein Herz hämmert plötzlich noch schneller als sowieso schon. Ich bekomme keine Luft mehr, und mein Brustkorb schmerzt entsetzlich. Meine Hände zittern und sind heute sogar schweißnass.

Bitte nicht schon wieder, denke ich, weiß aber genau, dass ich die Angst nicht mehr stoppen kann. Ich greife mir mit beiden Händen an den Hals und reiße mir das Tuch ab. Ich habe das Gefühl zu ersticken. Hilfe, ich sterbe!

Aber niemand ist im Haus. Ich bin ganz allein. Verdammt. Wer kann mir jetzt helfen?

In meiner Not laufe ich wie so oft in letzter Zeit zu Evi.

Ich schaffe es nicht, den Klingelknopf zu drücken, weil meine Hände so zittern. Deshalb trommle ich mit beiden Fäusten an die Tür. »Hilfe, Hilfe«, japse ich.

Die Tür geht auf, und Evi sieht mich fragend an. Da sinke ich in ihre Arme.

»Natalie, Kind, komm, leg dich hin. Ist es wieder so schlimm?«

»Ich ersticke. Ich ersticke«, flüstere ich.

Evi nimmt meine Hand, und langsam komme ich zur Ruhe.

»Siehst du, alles wird gut«, sagt sie, und ihre Stimme klingt sehr liebevoll.

Mein Herzschlag beruhigt sich, eigentlich wie immer nach ein paar Minuten, und ich ärgere mich, dass ich es nicht schaffe, das einfach auszuhalten und abzuwarten. Aber die Angst zu sterben ist immer stärker als die Vernunft.

Ich bin jetzt müde, furchtbar müde, und als Evi mir ein Kissen holt und meinen Kopf darauflegt, fühle ich mich ungewöhnlich entspannt.

»Schlaf ein bisschen. Wenn du aufwachst, mache ich dir einen Becher warme Milch.«

Die Milch entspannt mich dann wirklich, aber ich weiß, dass es nicht für lange ist: Die Angst wird zurückkommen, schneller, als ich es erwarte.

Mittlerweile habe ich überall ständig Angstattacken, mehrmals am Tag, zu Hause, auf der Straße, besonders häufig auch in der Schule. Die Auslöser sind immer die gleichen: Stress und das Gefühl des Ausgeliefertseins.

Bei Evi fühle ich mich gut. Sie umsorgt mich, und wir reden. Das lenkt mich ab. Aber das gute Gefühl ist weg, wenn ich abends wieder nach Hause gehe. Ich habe dann Angst, wieder eingesperrt zu werden, von meinem Vater oder meinen Brüdern, und verspüre gleichzeitig eine Wut darüber, dass all das mit mir passiert.

Eingebettet ist die Angst in das Gefühl, gar nicht mehr richtig da zu sein. Ich bin wie von Watte umhüllt und für alle anderen unsichtbar. Ich fühle nichts mehr, und genau das muss ich ändern, unbedingt.

*

Die Klinge glitzert im hellen Schein der Zimmerlampe. Ich drehe sie versonnen hin und her und beobachte, wie sich das Licht an den scharfen Kanten spiegelt.

Soll ich? Soll ich nicht? Wie wird es sein, wenn sich die Spitze in mein Fleisch bohrt? Mein Herz poltert wieder ganz laut, und ich habe Mühe, halbwegs regelmäßig zu atmen.

»Das befreit. Versuch es mal«, hat mir Anastasia, eine Mitschülerin, vor ein paar Tagen gesagt, und ich habe ihr auf der

Toilette zusehen dürfen, wie sie sich den rechten Arm vom Ellenbogen abwärts ganz langsam aufgeritzt hat. Das Fleisch quoll aus der Wunde, und das Blut floss in einem breiten Strom über ihren Arm und tropfte auf das Handtuch, das sie sich zur Sicherheit untergelegt hatte.

Es war ein gruseliger Anblick. Das viele Blut, das sich auf dem Tuch zu einem großen Fleck vereinigte, fand ich nur eklig.

Gar nicht eklig war dagegen ihr Gesicht, das wundersam entspannt wirkte: Sie hatte die Augen geschlossen, und ein Lächeln umspielte ihre Lippen.

Überhaupt wirkte sie merkwürdig ruhig und ausgeglichen. So hatte ich sie noch nie erlebt. Kein Zittern mehr in ihren Mundwinkeln, die normalerweise ihre unterdrückte Aggression zeigen. Kein Flackern der Augenlider, die eigentlich immer ängstlich versuchen, ihr Umfeld im Blick zu behalten. Nein, nichts mehr von alledem. Ihr Gesicht war friedlich, entspannt, fast schon selig.

»So gut möchte ich mich auch mal fühlen«, habe ich ihr später gesagt, und sie hat mir die verschmierte Rasierklinge gereicht. »Hier, versuch es. Es ist wunderbar!«

Ich habe die Klinge genommen, neugierig und fasziniert, mich aber nicht getraut, sie zu benutzen. Aber ich habe sie eingesteckt, sozusagen für die Zukunft, für den Notfall: Falls mir die Angst mal wieder den Atem raubt und alles um mich herum zur Bedrohung wird.

Jetzt wiege ich die gesäuberte, blitzblanke Klinge in meiner Hand, drehe sie immer noch im Licht und beobachte, wie die Strahlen auf ihr tanzen.

Ich atme tief ein. »Atmen beruhigt«, sagt mir Dr. Wurzbach immer. Ich habe es ausprobiert und weiß mittlerweile, dass er recht hat.

Jetzt ist es auch bei mir so weit. Ich will wissen, ob es wirklich so schön ist, wie es bei Anastasia ausgesehen hat. Ich verspüre große Angst vor den Schmerzen, und als ich die kalte Klingenspitze auf meinem Unterarm ansetze, wird mir auch etwas schummerig.

Jetzt! Nur noch ein bisschen drücken!

Ich schließe die Augen und bohre die Spitze fest in meine Haut. Ich spüre die Wärme meines Blutes auf dem Arm, aber keinen Schmerz. Nichts. Nur Ruhe, Frieden, Entspannung.

Ich muss mich überwinden, meine Augen zu öffnen und hinzusehen, was an meinem Arm los ist. Ich sehe eine dünne Blutbahn, blassrotes Fleisch. Das war's.

Es reicht nicht für mich. Ich schaue ganz genau hin und lasse die Klinge meinen ganzen Arm entlanggleiten, bis zum Handknochen. Die Naht im Fleisch ist dünn, zu dünn. Das geht besser, durchzuckt es mich, und ich spüre, dass ich mutig werde.

Einen Zentimeter daneben setze ich die Klinge erneut an, und dieses Mal drücke ich fester und ziehe die Klinge noch tiefer durch mein Fleisch. Es tut jetzt weh, richtig weh, aber es ist ein wohliger, lustvoller Schmerz, der mir so viel sagt: Ich lebe, ich spüre mich, ich bin da. Wunderbar!

Das Blut läuft, aber ich denke gar nicht daran, es abzuwischen. Ich sehe zu, wie es langsam trocknet. Ich will es auf der Haut lassen, wie ein Zeichen. Ich habe mich getraut. Das kann jeder sehen. Vielleicht bewirkt das etwas. Es ist ein neuer, verzweifelter Hilfeschrei.

*

Papa weint. Eine Frau vom Jugendamt sitzt neben ihm und redet auf ihn ein. Er spricht sie mit Frau Meier an, und sie sieht auf den ersten Blick überraschend sympathisch aus, fast schon gemütlich. Sie ist klein, etwas untersetzt und hat schicke hochgesteckte blonde Haare.

Ich war heute nicht in der Schule, aber Papa hat das gar nicht mitbekommen. Als ich das Klingeln an der Haustür gehört habe, konnte ich mich unbemerkt nach unten schleichen.

Jetzt stehe ich mal wieder an der Wohnzimmertür und lausche.

Frau Meier erzählt etwas von Sicherheit und Kümmern und dass »Natalie eine Auszeit braucht, um wieder zu Kräften zu kommen«.

Ich weiß, was das bedeutet: Sie wollen mich wegbringen! Frau Meier spricht davon, dass ich dringend eine Ruhepause bräuchte, und bezieht sich dabei auf Arztberichte. Sie weiß, dass ich gesundheitliche Probleme habe. Es ist klar, meine Angstattacken sind nicht verborgen geblieben. Tante Vicky, Evi, Ulla, alle haben immer gesagt, dass es so nicht weitergehen kann.

Auch Dr. Wurzbach macht sich Sorgen. Ich stehe mittlerweile ständig mit Atemnot und Herzrasen in seiner Praxis, und auch in der Schule hat man gemerkt, dass meine Arme geritzt sind.

»Das Mädchen braucht Hilfe«, höre ich Frau Meier jetzt sagen. Ich schließe die Augen. Ich hätte doch gern Hilfe, ganz bestimmt. Aber ich kann die Kleinen nicht im Stich lassen! Ich habe es Mama versprochen, und ich schaffe das. Irgendwie kriege ich sie schon groß.

Papa schluchzt. Wieder einmal. Er sagt nicht, dass wir es

schaffen und zusammenbleiben wollen. Nein, er sitzt nur da mit hängenden Schultern und weint vor sich hin.

»Dann gehe ich jetzt mal zu Natalie«, sagt Frau Meier, und Papa, mein Papa, er nickt.

Das war's.

In Windeseile laufe ich zurück nach oben in mein Zimmer, und als Frau Meier an meine Tür klopft, sage ich artig: »Herein.«

Ich bin vorbereitet und ganz ruhig. Es ist merkwürdig, aber ich habe mir immer vorgestellt, zu schreien und mich mit Händen und Füßen zu wehren, wenn irgendwann jemand versuchen würde, mich hier herauszuholen. Stattdessen höre ich ihr zu und verspüre sogar ein bisschen Dankbarkeit. Zur Ruhe zu kommen, Zuwendung zu erhalten, nicht ständig um Essen kämpfen zu müssen und nicht Abend für Abend erschöpft ins Bett zu fallen, all das erscheint mir sogar ganz reizvoll.

»Du kannst dein neues Zuhause ja wenigstens mal ausprobieren, vier Wochen lang, dann sehen wir weiter«, verspricht sie mir und streichelt dabei liebevoll über meinen Arm. Ich mag sie eigentlich, und vielleicht tut mir eine Pause von all meinen Pflichten auch wirklich gut.

»Und was wird solange aus den Kleinen?«, frage ich?

»Um die kümmern sich meine Kollegen. Mach dir keine Gedanken. Jetzt geht es erst einmal nur um dich.«

*

Die Wohngruppe, in die man mich bringt, ist in einem großen Haus mit drei Etagen untergebracht. Insgesamt sieben Jugendliche leben hier, dazu gibt es einige Betreuer. Jeder von uns hat ein eigenes, schönes Schlafzimmer, und wir teilen uns einen großen Aufenthaltsraum und eine Wohnküche mit einem Kühlschrank, der immer prall gefüllt ist. Es gibt regelmäßiges Essen, saubere Handtücher, warmes Wasser, eine funktionierende Heizung. Es ist für alles gesorgt, und ich genieße es, dass ich hier für nichts Verantwortung zu übernehmen habe. Das ist ein Gefühl, das ich schon lange nicht mehr hatte.

Ich bekomme auch eine Bezugsbetreuerin. Sie erklärt mir die Hausregeln, ich muss regelmäßig einkaufen, kochen, Küchen- und Baddienste einhalten, ansonsten bin ich »frei«. Allerdings darf ich nicht nach Hause. Ich soll Abstand bekommen.

Zuerst einmal kann ich vier Wochen bleiben. Danach gehe ich zurück. Zumindest hat man mir das beim Jugendamt so gesagt.

Doch es kommt alles ganz anders. Man vertröstet mich. Angeblich sei es nach einem Monat noch »zu früh« und nicht »gut für mich«, wie mir Frau Meier erklärt. Nach sechs Wochen halte ich es dann nicht mehr aus und fahre einfach nach Hause.

Mein Vater sitzt vor dem Fernseher. Als er mich sieht, zuckt er zusammen. Ich habe sofort ein komisches Gefühl und laufe nach oben zu den Kinderzimmern, um meine Geschwister zu sehen. Aber die Zimmer sind leer.

Ich realisiere nur langsam, was passiert ist, und gehe fast schon wie in Trance die Treppe hinunter ins Wohnzimmer. »Wo ist Jenny? Und wo sind die Kleinen?«, frage ich leise und atme dabei schwer.

Papa will jetzt mit mir sprechen. Ich solle mich setzen, aber ich will nicht.

»Es ist so entschieden worden«, erzählt er vom Sofa aus und zuckt dabei entschuldigend mit den Schultern. »Die Kinder sollen woanders untergebracht werden und …«, Papa scheint nach Worten zu suchen, »und man hat sie abgeholt.«

Er sieht mich an, fast schon ängstlich. Ich stehe in der Wohnzimmertür, bin fassungslos und spüre eine unfassbare Wut in mir aufsteigen.

»Wo sind sie, wo sind meine Geschwister?«, brülle ich meinen Vater an, reiße ihm die Fernbedienung aus der Hand und werfe sie an die Wand. Das Ding zerplatzt in tausend Teile, die Batterien kullern über den Boden, und ich schnaube wie von Sinnen.

Fabian und Julian lassen sich trotz des Radaus gar nicht erst blicken. Sie sind entweder bei ihren Freunden oder so in ihrer eigenen Welt, dass es sie nicht interessiert, wenn die Hälfte der Familie fehlt.

Während ich meine Wut und Verzweiflung herausschreie, begreife ich, dass man mich angelogen hat. Ich sollte weg. Man wollte, dass ich Platz machte, um die Kleinen abholen zu können.

Das ist alles so gemein – und mein Vater hat davon vermutlich gewusst.

Ich kann mich nicht beruhigen und renne wutschnaubend aus dem Haus, fahre mit dem Bus direkt zum Jugendamt, und dort mache ich meinem Herzen Luft oder besser: Ich raste aus.

Ich werfe Ordner um, trete gegen die Schreibtische und schreie die schlimmsten Schimpfwörter, die mir einfallen.

Frau Meier, die man eilig ruft, geht komischerweise gar nicht darauf ein, sondern sieht mich nur stumm an.

»Du weißt, Natalie, dass du deine Geschwister nicht allein

versorgen kannst. Wir kümmern uns jetzt um dich und die anderen, und dann sehen wir weiter.«

Sie spricht ruhig auf mich ein, doch ich schreie immer lauter.

»Von wegen vier Wochen. Ihr habt mich weggeschickt, damit ihr an die Kleinen kommt. Ihr habt mich betrogen, ihr widerliches Lügenpack!«

Ich schreie, trete und brülle bis plötzlich ein Betreuer aus dem Heim im Zimmer steht. Jemand muss ihn verständigt haben. Er will mit mir reden und mich mit sich zurücknehmen. Ich bin unendlich müde und lasse mich widerstandlos zur WG fahren.

In der Nacht bin ich so erschöpft und traurig, dass ich an Selbstmord denke, und das auch sage. Kurz darauf bringt man mich weg.

»Wo soll ich denn hin?«, frage ich, und meine Stimme ist kaum noch hörbar.

»In eine Klinik«, sagen die Betreuer. »Dort wird man dir helfen!«

»Eine Klinik? Ich bin doch gesund!«, murmle ich.

»Körperlich ja. Aber du brauchst psychologische Hilfe!«

In was für eine Klinik sie mich bringen, lese ich wenig später am Eingang: »Psychiatrische Kinderklinik« steht auf einem Messingschild.

Ich bin in der Klapsmühle gelandet.

KAPITEL 3

»Natalie, jetzt erzähl doch bitte einmal von dir. Was bedrückt dich?«

Die Psychologin Petra Wagner, eine ältere, ziemlich übergewichtige Frau mit weißem Kurzhaarschnitt und einer knallroten Brille, sieht mich erwartungsvoll an.

Aber ich schüttle den Kopf. Ich will nichts erzählen. Sie sollen mich alle in Ruhe lassen. Nur: Wenn ich das jetzt sage, muss ich garantiert noch häufiger zu ihr kommen, und wie jetzt in ihrem Praxisraum sitzen und mir ihr Gerede anhören.

Ich wäge ab, was besser für mich ist, und entscheide mich fürs Sprechen. Dann sage ich eben, dass meine Mutter getrunken habe und verstorben sei und mein Vater sich wie ein haltloses Kind aufführe und mit einem anderen Kind zusammen sei.

Wenn das jemanden interessiert, dann bitte. Ich ziehe das jetzt hier durch, denn nachher malen wir wieder, und danach geht's zum Sport. Das macht mir beides Spaß, also quassle ich in meiner ersten Therapiestunde ein bisschen, und alles ist gut.

Aber ganz so einfach macht mir die Therapeutin es nicht. Sie stellt Fragen. Ich soll erzählen, wie ich mich sehe, was ich gut an mir finde und was nicht und wie ich mir die Zukunft wünsche. Es bleibt mir nichts anderes übrig, als mitzumachen. Leider. Denn am liebsten möchte ich allein in meinem Klinikzimmer bleiben und in Ruhe gelassen werden. Aber ich bin nicht in der Klapsmühle, um auszuschlafen. Das hat mir Frau Wagner gleich gesagt.

»Du sollst hier erkennen, was dir innerlich zu schaffen macht, und mit meiner Hilfe Wege aus falschen Denkmustern finden und dein Verhalten ändern.«

Ich verstehe sehr gut, was sie meint.

Ich soll lernen, mich zu akzeptieren, mich liebenswert zu finden und, ganz wichtig, ich soll Impulskontrolle üben, oder anders ausgedrückt: Ich soll lernen, meine Wut in den Griff zu bekommen.

»Es bringt nichts, immer sofort mit allem herauszuplatzen«, sagt mir Frau Wagner. »Es ist klüger, vorher zu überlegen, welche Folgen das Verhalten haben wird, und sich entsprechend zu steuern.«

In den kommenden Sitzungen erfahre ich, dass meine negativen Gefühle zum Leben gehörten und ich sie durchaus haben dürfe. Frau Wagner findet es auch verständlich, dass ich es satthätte, ständig Regeln einzuhalten und kritisiert zu werden. Aber ich soll mit ihr lernen, dass meine Ausraster Folgen haben, die unangenehm sind, und dass es klügere Möglichkeiten gibt, mit meiner Wut umzugehen.

Gemeinsam erarbeiten wir, was es mir bringt, wenn ich mein Verhalten ändere, meine Wut und meinen Frust kontrolliere und beginne, meine Ziele mit anderen Mitteln zu erreichen als mit Draufhauen, Schreien und Toben.

Ich übe, einen Wenn-dann-Plan zu schreiben, der mir deutlich macht, was passiert, wenn ich so oder so reagiere.

Ich lerne, dass es Zeit braucht, das eingeübte Verhalten wieder zu ändern, aber man Anerkennung und Akzeptanz erntet, wenn es gelingt.

Ich bekomme Tricks genannt, die es mir leichter machen, nicht auszurasten. So kann ich meine Wut ins Kissen schreien, oder ich kann mich mit körperlicher Anstrengung, mit Sport oder Arbeit ablenken und auf diese Weise Frust abbauen. Und damit ich das alles verinnerliche, muss ich regelmäßig ein Verhaltensprotokoll schreiben.

Ich mache alles mit, sogar ohne groß zu murren.

»Der erste Schritt zur Einsicht«, lobt mich Frau Wagner, und darüber freue ich mich natürlich sehr. Lob ist bislang Mangelware in meinem Leben gewesen, und ich genieße es, hier in einer Klapsmühle zu hören, dass ich etwas gut gemacht hätte. Ich hoffe nur, dass es mir auch gelingt, all diese Vorgaben einzuhalten.

Insgesamt geht es mir aber ziemlich gut in der Klinik, und ich komme auch problemlos mit den anderen Patienten hier zurecht. Wir sind alle ungefähr im selben Alter und reden viel miteinander, und ich höre von schlimmen Schicksalen, die mir zeigen, dass es nicht nur mir schlecht geht.

Mit zwei Mitpatienten freunde ich mich an. Die eine ist Inga, die ihre Mutter bei einem Verkehrsunfall verlor. Sie hat versucht, sich vor einen Zug zu werfen, aber in letzter Sekunde hat sie jemand von den Gleisen gezogen. Der andere, Konrad, hatte ein massives Drogenproblem, war auf der Straße gelandet und musste mehr als ein Jahr im Stadtpark überleben.

Ihre schlimmen Schicksale zeigen mir, dass ich nicht allein bin mit meiner Not, und das Zusammensein mit solchen Leidensgenossen hilft mir, den Alltag zu ertragen.

Doch all das, was ich hier erarbeite, erlebe und mitmache, nimmt mir nicht meine Angst. Sie hält meine Seele nach wie vor wie eine Krake gefangen. Denn während mich früher der

Alltag belastete, drückt jetzt die Vergangenheit, und immer wieder tauchen die Bilder von früher auf und schütteln mich kräftig durch.

»Du lügst, wenn du den Mund aufmachst!« Es ist Weihnachten und Mama verdächtigt mich, die Spekulatius gegessen zu haben. »Ich war das nicht«, entgegne ich sofort. Aber sie glaubt mir nicht. »Das ist typisch, immer leugnen, was man verbrochen hat. Du bist ein richtiges kleines Miststück!«

Ich sehe Mama vor mir stehen, wie sie mich böse ansieht, und ich höre die Wortfetzen, mit denen sie mich runterputzt und mir sagt, was sie von mir hält: nichts!

Ich reagiere mit immer heftigerer Angst auf meine Erinnerungen.

Manchmal ist es so schlimm, dass mein Kopf richtig schmerzt. Ich verspüre dann nackte Wut auf mein Umfeld, weil ich die ständigen Ausgrenzungen und Beleidigungen, weil ich all das nicht vergessen kann, aber auch nie wieder erleben will. Ich zittere vor Anspannung und weiß nicht, wohin mit meiner inneren Not. Ausrasten soll ich nicht mehr. Das übe ich ja gerade. Aber wo soll ich denn hin mit meinen Gefühlen?

Wenn es besonders heftig wird, steigt meine innere Unruhe ins Unerträgliche, und ich muss mich irgendwie entlasten und Spannungen abbauen. Meistens renne ich dann kopflos ins Bad. In meinem Kosmetiktäschchen habe ich in einer Stoffritze eine Rasierklinge versteckt, und niemand hat sie bislang entdeckt.

Unruhig setze ich mich auf den Toilettendeckel, fahre mir mit der feinen Klinge über die Haut und sehe genüsslich zu, wie sich eine dünne Blutspur auf den Armen bildet. Immer tiefer setze ich die Klinge an, bis das Blut in einem breiten

Strom aus dem Arm läuft, wunderbar warm und wohlig. Der körperliche Schmerz tut mir gut. Er lenkt mich ab und überdeckt meinen seelischen. Ich bin erleichtert, es geht mir gut.

Anfangs versuche ich, das Ritzen zu verbergen, wasche brav meine Arme ab und lasse die blutverschmierten Handtücher verschwinden, aber dann mache ich es bewusst öffentlich.

Ich möchte wissen, wie die Ärzte und Schwestern reagieren. Also setze ich mich ins Bett und warte, bis das Blut trocknet und zu einer dicken Kruste auf meinen Armen wird. Ich sehe damit komisch aus, wie ausgepeitscht. Als ich später zum Essen gehe, ziehe ich mir ein kurzärmeliges Shirt an. Alle sollen sehen, wie schlecht es mir hier geht.

Doch es kommt ganz anders.

»Zieh dir bitte ein langärmeliges Shirt an«, sagt eine der Ärztinnen, als sie mir auf dem Weg zum Abendessen im Flur begegnet.

Kein Satz zu dem verkrusteten Blut auf meinen Armen, keine Reaktion auf das Blut auf meinem Shirt. Nichts. Sie fragt nicht, was los sei, ob ich einen Unfall gehabt hätte oder ob mir etwas anderes zugstoßen sei. Sie prüft nur einmal knapp die Wunden, dann bittet sie mich, mich umzuziehen.

Ich trotte richtig benommen zurück und fühle mich wieder einmal nicht ernst genommen. Ich hätte es wissen müssen …

Doch in meinem Zimmer geht es mir nicht gut. Im Gegenteil, der Frust über die mangelnde Aufmerksamkeit, gepaart mit der Enge des geschlossenen Raums sind zu viel für mich. All das vermittelt mir ein Gefühl von Enge und Abhängigkeit. Ich fühle mich ausgeliefert – und was jetzt kommt, weiß ich genau. Das Gefühl, keinerlei Kontrolle über mich und mein Leben zu haben. Das macht mir Angst, schlimme Angst.

»Ich muss mal, mach doch bitte wieder auf!« Eine gefühlte Ewigkeit rüttle ich bereits an der Tür und mache mir gleich in die Hose. Mama hat mich und die drei Kleinen eingeschlossen. Angeblich will sie nur ungestört einen Film sehen. Aber ich habe längst Zweifel daran, denn wenn ich horche, ob ich Geräusche im Treppenhaus höre, ist alles still. Hoffentlich ist sie nicht wieder in der Spielothek, denn das kann lange dauern. Ich habe schon einmal in den Legoeimer gepieselt, aber das ist eklig. »Bitte, Mama, bist du da? Mach doch auf …?!«

Mein Herz rast, und meine Hände zittern so heftig, dass ich noch mehr Angst bekomme. Es ist fatal. Die Erinnerung macht mir Angst, und die Angst löst die Erinnerung aus. Ich stecke in der Falle und sehe keinen Ausweg mehr. Das Angstkarussell dreht sich schneller und schneller, und ich kann es nicht mehr stoppen. In meiner Verzweiflung drücke ich den Notfallknopf. Als die Ärztin ins Zimmer stürmt, liege ich auf dem Boden, angelehnt an den Schrank, und japse nach Luft.

»Komm, atme ruhig und tief, hörst du. Ruhig und tief«, redet sie auf mich ein und hält dabei meine Hand.

»Es kann nichts passieren. Die Angst wird vergehen, gleich ist sie weg. Du musst nur atmen. Und denk an etwas Schönes, an das leckere Büfett, das unten auf dich wartet.«

Es könnte auch Dr. Wurzbach sein, der jetzt zu mir spricht. Ich bin wieder am Anfang.

*

Papa ist da! Mit Frau Meier, meiner Therapeutin Frau Wagner und einem Betreuer wartet er im Besprechungsraum auf mich. Ich freue mich riesig auf den Termin, denn heute geht es darum, wann ich entlassen werde. Ich bin seit zwölf Wochen hier und hoffe, dass ich schon bald zurück in die WG kann.

Ich freue mich auch sehr auf meinen Vater, weil er mir mit seinem Besuch zum ersten Mal zeigt, dass er sich um mich kümmert und Verantwortung für mich übernimmt.

»Dein Vater möchte wissen, welche Fortschritte du machst«, hat mir Frau Meier schon gesagt. Es klingt vielleicht merkwürdig, weil es für viele Familien normal ist, dass sich Eltern um ihre Kinder kümmern. Aber bei uns ist es eben anders. Unsere Eltern haben sich eigentlich immer nur um sich gekümmert, und wir sind nebenhergelaufen. Aber jetzt ist es offenbar anders. Mein Vater ist da, und er will wissen, wie es mit mir weitergeht.

Ich bin unglaublich froh und stolz darüber.

Vielleicht war er die letzte Zeit noch zu sehr von der Trauer um meine Mutter umfangen und hat deshalb manches Mal unmöglich reagiert. Ich will ihm verzeihen, einen Schlussstrich unter den Groll ziehen. Nun hat er den ersten Schritt gemacht, und ich will ihm die Versöhnung nicht verwehren. Ich möchte gern einen Vater, der sich um mich sorgt und für mich da ist. Vielleicht wird endlich etwas gut in meinem Leben.

Unser Treffen ist in der Praxis von Frau Wagner. Papa ist schon da, als man mich dazu holt. Als ich ihn sehe, weine ich. Papa nicht. Er hockt auf dem Sofa und mustert mich kurz, als wäre ich aus einer anderen Welt.

Aber ich will den Neustart, auf den ich mich seit Tagen freue, und gehe strahlend auf ihn zu. Etwas in mir hofft, dass er mich in den Arm nimmt: Eltern nehmen ihre Kinder doch in den Arm. Ich weiß nicht, woher ich das Bild habe. Aber ich möchte es nachstellen, jetzt.

Doch es kommt ganz anders. Papa steht nicht einmal auf, als ich auf ihn zukomme. Er spricht einfach weiter mit Frau Wagner und sieht mich nicht mehr an.

Ich bin grenzenlos enttäuscht und bleibe wie eingefroren neben dem Sofa stehen, unfähig, mich zu rühren. Frau Meier sieht mir meine Enttäuschung an und blinzelt mir aufmunternd zu, signalisiert mir, dass ich mich zu ihm aufs Sofa setzen soll.

»Wie sehen Sie denn die zurückliegende Entwicklung Ihrer Beziehung«, möchte sie jetzt von meinem Vater wissen. Und Papa legt los. Er erzählt, wie schlecht es ihm gehe, seit Mama tot sei. Er erzählt auch, wie sehr ihm Leonie helfe, das Leben als Witwer zu ertragen, und dass sie jetzt einen Hund hätten und demnächst ein paar Tage an einen See fahren wollten.

»Ich muss ja nach vorn sehen, irgendwie«, schluchzt er und bricht dann weinend zusammen.

»Typisch«, denke ich nur und schüttle mich innerlich. Ich sehe ganz genau auf das zusammengesunkene Häuflein Mensch, das neben mir auf dem Sofa sitzt und jetzt vor innerer Erschütterung bebt. Ich fixiere meinen Vater richtig, weil ich mir das Bild einprägen möchte. Ich will nie mehr vergessen, was für ein Schwächling er ist. Ein hilfloses, jammerndes Kind, das nicht in der Lage ist, sich für irgendjemanden außer sich selbst zu interessieren. Okay, es gibt Leonie. Aber kümmert er sich um sie? Oder ist er nur froh, dass jemand da ist, der ihm die täglichen Entscheidungen abnimmt und sich um ihn kümmert? Ich weiß nicht, was ich glauben soll.

Mehrmals unterbricht ihn die Therapeutin, sagt sogar direkt, dass er hier sei, um die Therapie seiner Tochter zu begleiten, und mehrmals versucht sie auch, von meinen Fortschritten zu berichten. Aber sie dringt nicht zu ihm durch. Entweder Papas Schluchzen unterbricht sie oder sein Gejammer über das »ach so harte Schicksal«, das ihn ereilt habe. Für mein Schicksal nimmt er sich keine Zeit.

Der Termin dauert zwei Stunden, danach wissen alle, wie schlecht es Papa geht. Aber es steht auch fest, dass ich aus der Klinik entlassen werde. Auf die Frage, wo ich wohnen möchte, verweise ich wahrheitsgemäß auf die WG.

Zurück zu Papa will ich nicht mehr.

Doch die äußerlich zur Schau getragene Ruhe trügt. Innerlich bin ich zum Zerplatzen gespannt. Ich bin traurig, enttäuscht und wütend, und ich muss mich zusammenreißen, damit von dem immer stärker kochenden Topf nicht der Deckel wegspringt. Ich muss mir regelrecht auf die Lippen beißen, um ruhig zu bleiben. Aber es gelingt mir nicht, und schließlich lasse ich den aufgestauten Dampf ab und donnere Papa schonungslos um die Ohren, was ich von ihm halte.

»Du bist ein Jammerlappen und Egoist, und ich brauche dich nicht mehr in meinem Leben«, presse ich wutschnaubend heraus, und dann schreie ich ihm noch entgegen, womit er mich am meisten verletzt hat.

»Du hast mich nicht mal zu Mama gelassen. Du hast dafür gesorgt, dass sie allein sterben muss. Das verzeihe ich dir nie!«, brülle ich laut. Meine Stimme bebt vor Wut und Anspannung.

Und dann sage ich das, was ich schon so lange fühle: »Ich will dich überhaupt nie mehr sehen! Verschwinde doch zu deiner Leonie.«

Seine Reaktion darauf warte ich gar nicht mehr ab, sondern drehe mich um und renne aus dem Büro. Ich will allein sein und diesen Mann nicht mehr wiedersehen.

Na bravo, denke ich noch, als ich durch die Klinikflure renne. Meine vielen schönen Sitzungen, meine ganzen sorgfältig aufgeschriebenen Wenn-dann-Pläne, alles hat nichts gebracht. Ich habe im entscheidenden Moment mal wieder nichts kontrolliert. Es war alles umsonst.

In diesem Moment akzeptiere ich, dass ich kein Elternhaus mehr habe. Ich bin allein und fühle mich wie ein schwarzer Fleck auf einem weißen Blatt Papier.

Zurück in meinem Zimmer denke ich daran, mir etwas anzutun. Es erscheint mir so verlockend, mir nicht nur ständig die Arme, sondern ein letztes Mal mit der Rasierklinge einfach die Pulsadern aufzuschneiden. Aber ich habe selbst davor Angst.

Dann denke ich an die Worte von Frau Wagner, die mir einmal geraten hat, mich in solchen Momenten nicht nur abzulenken und an etwas Schönes zu denken, sondern Pläne zu schmieden. Ich plane, dass ich etwas ändern möchte, und dabei denke ich an Evi, bei der ich mich immer sehr wohlgefühlt habe. Es war schön, mit ihr und der Familie gemeinsam zu kochen, etwas zu spielen, zusammen die Wohnung zu putzen oder den Garten aufzuräumen.

Wenn ich hier heraus bin, werde ich sie fragen, ob ich regelmäßig bei ihnen sein darf, schießt es mir durch den Kopf. Das ist mein Plan für die Zukunft. Denn ich brauche einen Platz, an den ich gehöre. Ich brauche endlich ein Zuhause. Und mit den Bildern vom Familienleben bei Evi verschwindet langsam meine Angst, und ich falle in einen erlösenden Schlaf.

Schon am nächsten Tag rufe ich Evi an und sage, was ich möchte.

Sie reagiert ganz gerührt. »Ich freue mich, wenn du kommst. Für mich bist du längst wie ein drittes Kind.«

Doch richtig gut läuft es für mich auch bei Evi nicht. Matteo ist eifersüchtig und fängt ständig Streit mit mir an. Damit belastet er mich, aber auch das komplette Familienleben.

*

Heute treffe ich meine drei kleinen Geschwister. Es ist das erste Wiedersehen nach vier Monaten. Seit Tagen weiß ich davon, aber ich fiebere dem Moment nicht entgegen. Im Gegenteil. Ich habe Angst davor, Angst vor dem Schmerz, wenn wir wieder auseinandergehen müssen. Ich liebe die drei, und es tut weh, ohne sie leben zu müssen.

Als ich beim Jugendamt ankomme, zittern mir die Knie. Ich habe Mühe, die Treppe hochzugehen.

»Ihr könnt zusammen etwas spielen, ganz normal, so wie früher«, nickt mir Frau Meier aufmunternd zu.

Aber wie soll das gehen? Nach zwei Stunden werden die Kleinen wieder in fremde Familien gebracht, und ich gehe zurück in meine WG. Diese Vorstellung werde ich die ganze Zeit über nicht los, und sie zerreißt mir das Herz.

»Denk immer daran, dass es ihnen gut geht«, gibt sie mir noch mit auf den Weg. »Sie sind bestens versorgt.«

Aber ich nehme das nicht an.

»Bei mir geht es ihnen gut, nicht bei diesen fremden Leuten, zu denen sie überhaupt nicht wollten«, antworte ich trotzig. »Wir waren als Geschwister immer zusammen, und jetzt sind wir alle allein. Was soll denn daran gut sein?«

Eine der drei anwesenden Therapeutinnen hat unser Gespräch mitbekommen. Sie lächelt mich mitfühlend an.

»Lass dich einfach darauf ein. Es wird dir guttun, ganz bestimmt«, versichert sie mir.

Aber mir hilft das alles nicht.

Für mich ist die ganze Situation sehr belastend. Ich treffe meine Geschwister in einem Zimmer im Jugendamt, begleitet und beobachtet von »Expertinnen«. Für mich ist das nichts weiter als eine Vorführung, eine Show.

Und dann kommt der Moment, vor dem ich mich so fürchte: Frau Meier öffnet die Tür des größeren Besprechungsraums, und da sehe ich sie, meine drei kleinen Geschwister, die ich so sehr liebe.

Lucas und Jonas spielen mit Lego-Steinen. Die Szene ist bizarr. Die Jungen beachten mich gar nicht.

Ich habe mir vorgestellt, dass sie auf mich zugestürmt kommen und mich in ihrer ungeduldigen Wiedersehensfreude fast umreißen. Aber sie sind ganz ruhig, lächeln, setzen konzentriert Stein um Stein zu einer Mauer.

Frau Meier spricht sie an. »Seht mal, eure Schwester ist da!« Als ob sie das nicht sehen könnten.

Wenigstens Sophia wartet nicht, dass man sie anspricht. Sie springt vom Stuhl auf und rennt auf mich zu. Wir liegen uns in den Armen, lange, lange, und weinen. Sie riecht gut, so gepflegt nach einer einnehmend duftenden Creme. Das ist neu, denn so etwas gab es bei uns nicht.

Dann kommen auch die Jungen zögerlich zu mir und umarmen mich. Wir sind wieder zu viert. Aber wir scheinen alle zu spüren, dass das nur eine Momentaufnahme ist. Wir sind uns fremd geworden, weil wir nun aus je anderen Welten kommen. Die Kleinen leben in Pflegefamilien, Jenny in einer Wohngruppe, ich in der Einrichtung. Wir sind auseinandergerissen worden.

»Erzählt doch mal, wie jetzt eure Zimmer aussehen!«, versucht Frau Meier die Unterhaltung anzukurbeln. Aber es geht nur zäh voran, denn wir sind ja nicht allein.

Frau Meier und die drei Therapeutinnen sind dabei und beobachten uns wie die Affen im Käfig. Sie diskutieren, machen sich Notizen. Gut, sie sind dabei dezent, verkleiden das ganze Spektakel wie eine Kaffeerunde, aber ich falle nicht darauf herein.

Zwei Stunden lang tauschen wir uns »unter Aufsicht« aus. Jonas erzählt, dass es bei ihm in der neuen Familie immer leckere Spaghetti gebe, und Lucas schwärmt von einer neuen Waschmaschine, die bei seiner neuen Familie im Keller stehe. Warum ihm gerade das so wichtig ist, weiß ich nicht. Vielleicht, weil es bei uns nie etwas Neues gab. Sophia spricht erst länger mit mir, als Frau Meier und die drei anderen eine Zeit lang in ihr Gespräch vertieft sind: Sie ist in einen Typen aus der WG verliebt, der aber nichts von ihr wissen will.

Insgesamt löst sich die beklemmende Stimmung nur langsam. Wir lachen zwar hin und wieder, vergessen aber nie, wo wir sind. Unser Miteinander ist merkwürdig distanziert. Wir haben nur noch Belanglosigkeiten zu berichten, und ich begreife auf schmerzliche Weise, dass wir nur noch auf dem Papier eine Familie sind.

Als ich zurück nach Hause in meine WG fahre, habe ich ein Stückchen Abschied genommen. Ich muss endlich akzeptieren, dass ich nun ein neues Leben führe, und versuchen, das Beste daraus zu machen.

*

»Du, sag mal, hast du nicht Lust, dich um die Pferde zu kümmern?«

»Pferde? Klar«, antworte ich wie aus der Pistole geschossen und bin neugierig, was jetzt kommt.

Ich bin auf einem kleinen Pferdehof mitten im Münsterland. Das schlichte Anwesen liegt herrlich am Rand eines kleinen Dorfes, inmitten von Wiesen. Es gibt einen Tante-Emma-Laden und zehn Häuser. Idylle pur.

Ben, einer meiner Betreuer aus der WG, lebt hier in einer Mietwohnung und hat mich mitgenommen, weil er weiß, dass ich Tiere liebe.

Die Besitzerin heißt Carola, ist Anfang dreißig und genau so, wie man sich eine gute Reiterin vorstellt: blond, drahtig, durchsetzungsstark. Ich verstehe mich auf Anhieb prima mit ihr, aber ihre Frage überrascht und freut mich dann doch zugleich.

»Du könntest regelmäßig herauskommen und dich um die Tiere kümmern, magst du?«

»Ja gern, das würde mir viel Spaß machen«, sage ich sofort und sehe plötzlich Licht am Ende des Tunnels.

Weg aus der WG, der Enge, dem ständigen Schuleinerlei. Das wär's doch für mich – und in Gedanken sehe ich mich schon Pferde striegeln.

Bereits zwei Tage später fahre ich zum ersten Mal mit dem

Fahrrad hinaus zu Carolas Haus und merke: Sie braucht mich wirklich. Sie hat sich von ihrem Mann getrennt und weiß nicht, wie sie zusätzlich zu ihrer Arbeit in einem Büro die drei Pferde und die beiden Hunde versorgen soll. Ich helfe ihr gern, bin von da an fast jeden Tag bei ihr und kümmere mich um die Ställe, verteile das Futter, striegele die Tiere, mache die Ausläufe sauber. Ich darf auch reiten und stelle mich dabei so gut an, dass Carola mich ein paarmal sogar mitnimmt, wobei wir gemeinsam durch die herrliche Natur galoppieren.

Carola kocht regelmäßig für mich und nimmt mich auch sonst unter ihre Fittiche. Ich lerne viel von ihr – und nicht nur über Pferde, sondern auch viel Nützliches für die Schule.

»Was machst du eigentlich gerade im Unterricht?«, fragt sie mich einmal und zeigt auf meine Schultasche. Sie nimmt sich Zeit und sieht sich alle Hefte an. Da sich noch nie jemand für meine Schulaufgaben interessiert hat, genieße ich, dass sie Fragen stellt und wissen möchte, was mir leicht- beziehungsweise schwerfalle. Sie fragt so engagiert nach, dass ich bei ihr sogar Kritik vertrage und es hinnehme, dass sie meine Schrift »verbesserungswürdig« findet und mich meine Matheaufgaben mehrmals lösen lässt, bis das Ergebnis stimmt.

Sie behält auch Termine im Gedächtnis, weiß, wann ich Klassenarbeiten schreibe, und fragt nach, wie die Noten ausgefallen sind. Zuwendung, die ich aufsauge wie ein Schwamm das Wasser und die mich anspornt, mir Mühe zu geben. Ich arbeite plötzlich in der Schule mit, melde mich, übernehme sogar Sonderaufgaben.

Ich will Carola gefallen. Sie soll sehen, dass ich mir Mühe gebe. Das mache ich auch, um weiter ihre Zuwendung zu bekommen, die mir guttut wie die Bürste meinen Pferden.

Insgesamt läuft mein Leben zunehmend in geregelten Bahnen. Ich lebe in der WG, bin unter der Woche nachmittags viel bei Carola und am Wochenende bei Evi. Auch in beruflicher Hinsicht läuft es dann gut, als ich die Schule beende und es so weit ist, dass ich mir über meine weitere Zukunft konkrete Gedanken machen muss. Über die Kreishandwerkerschaft bekomme ich einen Ausbildungsplatz in einem Friseursalon. Mein Chef ist nett, die Kollegen auch. Die Arbeit macht mir Spaß.

Als mir Carola dann anbietet, bei ihr einzuziehen, bin ich rundherum glücklich. Ich bin mittlerweile volljährig und kann wohnen, wo immer ich möchte, und ich freue mich sehr darüber, dass ich nach vier Jahren nun die WG verlassen kann und jetzt so etwas wie ein normales Zuhause habe. Zumal sich auch Carolas Mutter um mich kümmert. Sie arbeitet im Büro einer Segelschule, und ich kann ein Praktikum bei ihr machen. Sie will mir auch darüber hinaus helfen, achtet sehr auf meine Umgangsformen und eine gute Ausdrucksweise. Plötzlich bin ich in der normalen Welt angekommen und gehöre nicht mehr zum »Rattenpack«.

Und an jedem Tag, an dem ich Geborgenheit und Anerkennung spüre, macht meine Angst eine Pause. Es gibt sogar Momente, da vergesse ist sie.

*

»Ich gehe heute aus. Kannst du nachher noch mal die Ställe kontrollieren?« Carola hat sich richtig aufgebrezelt. Pumps statt Sportschuhe, Kleid statt Jeans, und die Augen strahlen, wie sie sonst nur strahlen, wenn ein Fohlen auf die Welt kommt.

»Hast du ein Date?«, frage ich eigentlich zum Spaß, doch Carola nickt. »Ja, und der Typ ist total süß.«

»Viel Spaß«, lüge ich, denn eigentlich möchte ich nicht, dass sie Spaß hat, da ein Mann womöglich Konkurrenz für mich bedeutet. Ich möchte nicht, dass sich Carola verliebt und dann keine Zeit mehr für mich hat.

Als sie fröhlich winkend aus dem Haus geht, wird mir schummerig. Mein Herz poltert wieder, und ich schaffe es nur, mich mit einem wunderbar romantischen Liebesfilm abzulenken. Ich fürchte um mein Zuhause, meine Zugehörigkeit zur Familie, mal wieder, und das stürzt mich in größte Sorge.

Als Carola erst spät in der Nacht zurückkommt, sehe ich sofort an ihren leuchtenden Augen, dass ich verloren habe. Es ist eindeutig: Sie ist verliebt, schwer verliebt.

»Wie heißt er denn?«, flöte ich scheinheilig, und Carola tapst in meine Falle. Sie sprudelt über, als sie von den Vorzügen Rainers erzählt, der natürlich in jedem Punkt spitze ist: Er sieht gut aus, ist super intelligent und super einmalig – und es kommt dann, was ich befürchtet habe: Carola ist immer häufiger abends nicht da oder hängt die ganze Zeit am Telefon und schnattert Unsinn mit ihrem Traummann.

Aber ich kapituliere noch nicht und gebe mir besonders viel Mühe, um ihr zu gefallen. Ich kenne jetzt die Konkurrenz und mache alles so, wie Carola es gernhat. Ich weiß natürlich, dass das letztlich Quatsch ist, aber mir fällt keine andere Methode ein, um meine unaufhaltsam keimende Angst zu besiegen und den rapiden Absturz meines Selbstwertgefühls abzumildern.

Ich will Carola zeigen, dass ich etwas kann, mich zusammenreiße und meine Ausbildung schaffe. Und ich will mir selbst beweisen, dass ich diszipliniert und stark bin.

Fast von einem Tag zum anderen höre ich auf zu essen.

Mein Gewicht ist schon lange ein Problem. In der Schule, in der WG, immer machen sich alle über meinen »ach so dicken« Hintern lustig. Das will ich nicht mehr. Ich kann mich zusammenreißen, und Carola wird das bemerken und gutheißen. Sie wird mich loben und mögen dafür. Ganz sicher.

Aber sie bekommt gar nicht mit, dass ich immer weniger esse. Sie lebt so in ihrer eigenen neuen Liebeswelt, dass sie nicht mal mitkriegt, dass ich zwar für mich eindecke, aber eigentlich nichts anrühre. Ich stochere in einer Minikartoffel herum und zähle die Erbsen genau ab. Gegen das Hungergefühl löffle ich Milchschaum, und wenn ich sündige, weil ich einen Löffel Reis gegessen habe, laufe ich los. Eigentlich würde ich eine Stunde unterwegs sein, aber ich renne nach und nach immer länger durch die Natur, weil es mich ablenkt, denn ich spüre, dass mir mein gerade geschaffenes neues Leben gnadenlos um die Ohren fliegen wird.

Die Angst vor dem Kommenden baut schließlich einen so großen Druck in mir auf, dass ich wieder anfange, mir die Arme aufzuritzen.

Dass das ein Hilfeschrei ist, erkennt Carola sofort.

»Du zeigst doch deine Arme, damit man das sieht«, sagt sie mir offen, und ich mag sie dafür. Aber ich mag sie nicht dafür, weil es keine Konsequenzen für mich hat.

Jetzt, jetzt denke ich, als sie neben mir steht und mich besorgt ansieht, nimmt sie mich in den Arm, hält mich fest, ganz fest und sagt mir, dass sie mich möge und ich bei ihr bleiben solle bis zum letzten Tag.

Aber Carola tut und sagt das nicht. Sie meint nur, dass ich

professionelle Hilfe bräuchte, und was das heißt, weiß ich nur zu gut …

Ich muss weg!

Aber ich bin so verzweifelt und schwach, dass es ihr sogar gelingt, mich zu überreden, wieder in die Klinik zu gehen. Angeblich habe ich anders keine Chance.

Ich sehe es anders. Ich brauche nichts weiter als ein bisschen Liebe und Zugehörigkeitsgefühl, und das gibt es in keiner Klinik. Doch ich füge mich, wie immer. Wehmütig und mit dem Schmerz im Herzen, dass mein schönes neues Leben zerplatzt ist wie eine Seifenblase.

Ich bleibe 14 Wochen in der Klinik. Meine Ausbildung ruht in dieser Zeit. Ich bin krankgeschrieben.

Ich solle mich um nichts mehr kümmern, nur noch um mich selbst, raten mir die Therapeuten. Und ich führe wieder Gespräche, dieses Mal auch häufig in der Gruppe mit anderen Angstpatienten.

Wieder lerne ich viel, vor allen Dingen über weitere Methoden, die Angst beherrschbar zu machen. Wenn sie kommt, soll ich mich ablenken, wie immer mit kaltem Wasser, aber auch mit Gedankenspielen. Ich soll Wortketten bilden, Zahlenspiele machen, mir Rechenaufgaben ausdenken. Ich kann auch auf einem Bein hüpfen, Seilspringen und, und, und … Es gibt viele Möglichkeiten, ich soll herausfinden, welche für mich die besten sind.

Danach schickt man mich noch vier Monate in eine teilstationäre Therapie. Ab 13 Uhr darf ich »nach Hause« – und das ist immer noch bei Carola, zumindest auf dem Papier.

KAPITEL 4

»Carola, Carola, ich habe bestanden!« Schon als ich die Haustür aufschließe, kann ich mit meiner Freude nicht mehr hinterm Berg halten.

Gerade habe ich in meinem Ausbildungsbetrieb die mündliche Zwischenprüfung bestanden – und damit auch den Hauptschulabschluss in der Tasche. Zur Belohnung durfte ich etwas früher Feierabend machen.

Auf der Fahrt im Bus habe ich mir ausgemalt, wie Carola wohl reagieren würde. Sie hat mir heute früh fest die Daumen gedrückt, und ich bin mit ihrem »Du schaffst das«-Satz gestärkt und sehr zuversichtlich in die Prüfung gegangen. Wie sehr es geholfen hat, habe ich jetzt schwarz auf weiß.

Ich lebe wieder bei Carola auf dem Hof, aber richtig glücklich bin ich damit nicht. Zum einen liegt es daran, dass Rainer mittlerweile zu Carola gezogen ist und sie dadurch nie mehr richtig Zeit für mich hat. Die meiste Zeit verbringt sie mit ihm. Ich bin eigentlich überflüssig, und das verunsichert mich total.

Zum anderen sind meine Ängste schuld, denn die sind nur vorübergehend in der Klinik weniger geworden. Seitdem ich wieder ohne Hilfe bin, sind sie wieder da, genauso unberechenbar und genauso einschüchternd wie früher. In diesem Punkt hätte ich mir den Klinikaufenthalt sparen können.

Gut, ich habe meine Essstörung seitdem recht gut im Griff und auch wieder etwas zugenommen. Das haben sie in der Therapie wenigstens erreicht.

Aber was mir fehlt, ist echte Bindung und das Gefühl dazuzugehören. Ich möchte nicht immer um Zuneigung kämpfen müssen und bin es leid, gefallen zu müssen, um nicht »ausrangiert« zu werden. Das ist Stress pur, zehrt an meinen Nerven und macht Angst. Es kostet mich Kraft, jeden Tag auf schwankenden Bohlen balancieren zu müssen, um gerade so das Gleichgewicht zu halten, und ich bin sicher, dass diese ständige Unsicherheit auch meine wieder zunehmenden Ängste auslöst.

Aber vielleicht kann ich mit der bestandenen Zwischenprüfung das Ruder herumreißen. Ich habe die Prüfung doch auch für Carola geschafft. Ich will ihr damit eine Freude machen und ihr gefallen. Denn dann ist es leichter für sie, mich zu mögen und irgendwann vielleicht sogar zu lieben.

»Carola?«, rufe ich. Aber im Haus finde ich sie nicht, also suche ich im Stall nach ihr.

Sie ist bei Montana, ihrem Lieblingspferd.

»Ich habe bestanden«, platze ich heraus, und Carola lässt sofort die Striegelbürste fallen und klatscht mir begeistert zu.

Ich bin so stolz.

»Wollen wir das heute feiern? Wir können grillen«, schlage ich vor.

Doch Carola schüttelt den Kopf.

»Tut mir leid. Heute bin ich mit Rainer zu einem Geburtstag eingeladen.«

»Dann morgen!«, sage ich, fest entschlossen, mir meine Euphorie nicht nehmen zu lassen.

»Nein, Natalie, diese Woche ist ausgebucht. Wir sind echt ständig unterwegs. Aber wir holen das nach, ganz bestimmt.«

Carola lächelt mich entschuldigend an. Ich lächle zurück. Aber in mir ist gerade mein sorgfältig gezimmertes Gerüst, das mich hält, zusammengebrochen. Ich hatte mir so gewünscht, dass es wieder mal um mich geht! Aber es geht um Rainer. Immer. Er ist es, um den sich alles dreht. Ich habe keine Chance gegen ihn.

Als ich auf mein Zimmer gehe, spüre ich wieder diesen Druck in mir, der mit jedem Schritt stärker wird. Ich habe Hunger, viel Hunger. Wenn mich schon sonst niemand belohnt, muss ich mich eben selbst belohnen. Und ich weiß auch schon wie …

Drei Pizzen, Pellkartoffeln, zwei Eispackungen, Chips und jede Menge Erdnüsse. Ich sitze am Küchentisch und habe all diese Köstlichkeiten vor mir aufgetürmt. Carola und Rainer sind weg. Ich lasse es mir jetzt allein gut gehen. Ach ja, drei Bratwürstchen lege ich mir auch noch heraus. Ich stelle mir den Fernseher an und esse, esse, esse, alles, worauf ich Appetit habe, bunt gemischt und wahllos. Ich kaue wenig und schlucke viel, zappe gedankenverloren zwischen diversen Filmen hin und her und schiebe mir unablässig das Essen in den Mund.

Als ich mir mit der Hand über den Bauch streiche, spüre ich bereits eine pralle Kugel, löffele mir aber trotzdem gleich noch eine leckere Portion Vanillepudding in den Mund. Ich stoße auf. Es reicht. Ich muss Platz machen, aber nicht auf der Toilette, denn das würde Carola garantiert riechen.

Sie hat seit einiger Zeit den Verdacht, dass sich zwar meine Magersucht gebessert hat, ich aber stattdessen bulimisch bin.

Sie beobachtet mich ständig und kontrolliert sogar das Bad nach Spuren von Erbrochenem. Ich muss sehr aufpassen, damit sie mich nicht erwischt und mich womöglich wieder in die Therapie abschiebt.

Deshalb habe ich mir einen Trick ausgedacht. Wenn sie da ist, breche ich einfach aus dem Fenster in den Garten. Da mein Zimmer nach hinten rausgeht, bekommt das niemand mit. Außerdem kann ich morgens kontrollieren, ob man etwas sieht, und schaufle notfalls Erde darüber.

Essen und Erbrechen, es wird für mich langsam zur Routine. Und das Gute: Niemand hat das bislang mitbekommen.

*

Aber Carola ist clever und kommt mir auf die Schliche. Schon ein paar Tage später ertappt sie mich in flagranti, ausgerechnet auf der Toilette.

»Was machst du da? Natalie, du hast gesagt, dass du deine Essstörung im Griff hast. Und jetzt erbrichst du!«

Carola steht in der Toilettentür, und ihr Blick ist drohend.

Verdammt! Ich dachte, sie sei mit Freunden unterwegs. Leugnen ist zwecklos. Ich habe mich gerade übergeben und knie noch vor der Kloschüssel. Das gibt Ärger.

Langsam richte ich mich auf und beuge mich über das Waschbecken, um mir die Hände und das Gesicht zu waschen.

»Das ist ein Vertrauensmissbrauch, Natalie. Ich habe dir die ganze Zeit geglaubt, dass es vorbei ist«, schimpft Carola weiter.

Ich atme schwer, auch um meine Wut herunterzuschlucken. Ich bin volljährig, und die ständigen Kontrollen sind mir schon lange ein Dorn im Auge. Jetzt muss ich mir auch noch Vorhaltungen anhören. Lange geht das nicht mehr gut mit uns.

Zumal Carola nicht mein einziges Problem ist. Mein Ausbildungsbetrieb schließt. Die beiden Friseurmeister hören aus Altersgründen auf. Carola sorgt sich auch deshalb, und die »guten« Ratschläge prasseln andauernd auf mich ein.

Ich habe genug davon. Alle meinen es immer gut mit mir. Aber niemand scheint auf die Idee zu kommen, dass ich mir das alles nicht ausgesucht habe.

Außerdem bin ich misstrauisch. Ich glaube, dass Carola das alles nur als Vorwand nutzt, um mich loszuwerden. Sie möchte mit Rainer allein sein, und ich bin da für sie nur noch eine Last.

Wir rasseln immer häufiger aneinander, und heute habe ich genug davon.

»Ich werde dich jetzt überwachen müssen, ständig, verstehst du!«, droht mir Carola jetzt sogar, und da raste ich aus.

»Ich ziehe zu Evi, die freut sich wenigstens, wenn ich da bin«, schreie ich trotzig und erwarte eigentlich so etwas wie »Bitte nicht« oder »Du gehörst doch hierher«.

Aber Carola sagt nichts dergleichen, und für mich ist das gleichbedeutend mit: »Dann hau doch endlich ab!«

Ich rufe sofort Evi an, frage, ob ich statt wie bisher nur an den Wochenenden auch dauerhaft bei ihr wohnen könne, und sie ist nach Rücksprache mit Harry, ihrem Mann, auch gleich einverstanden.

Ich weiß, dass Matteo, ihr Sohn, gegen mich arbeiten wird, weil er eifersüchtig ist. Aber Evi macht mir Mut, es trotzdem zu versuchen. Sie meint, dass sie mit ihm reden und er bestimmt damit klarkommen werde, und ich vertraue ihr.

Bei Evi bin ich am liebsten. Aber letztlich ist es mir eigentlich egal, bei wem ich unterkomme. Ich möchte nur eins: Endlich irgendwo bleiben dürfen, bei jemandem, zu dem ich gehören darf.

Als ich meine Sachen bei Carola zusammenpacke, ist die Stimmung wieder recht freundschaftlich. Ich verdanke ihr viel, und das vergesse ich nicht. Für meinen Ausraster habe ich mich gleich entschuldigt und Carola auch angeboten, ihr weiterhin zu helfen.

Wir liegen uns zum Abschied in den Armen, aber ich habe verstanden, dass mein Leben anderswo weitergehen muss. Vor mir liegt eine weitere Station – und langsam fühle ich mich wie ein schlecht zu vermittelndes Tier im Heim, das immer mal wieder jemand versuchsweise mitnimmt, aber auch schnell wieder zurückbringt, weil es sich nicht konform verhält und Schwierigkeiten macht.

*

»Das war Natalie!«

Mittlerweile höre ich den Satz mehrmals am Tag. Heute habe ich angeblich die Wäsche aus dem Trockner gerissen und im ganzen Wäscheraum verteilt. Warum? Keine Ahnung. Im besten Fall war ich einfach zu faul, die Wäsche wieder einzuräumen. Vielleicht wollte ich aber auch Evi nur eins auswischen und habe mit der Wäsche randaliert.

Wer es gesehen hat, ist klar: Matteo. Detailliert schildert er seiner Mutter, wie ich mich als Wäscheteufel betätigt hätte, und die fällt sogar darauf herein, zumindest stellt sie mich zur Rede.

Was dann kommt, ist immer gleich. Ich sage: »Ich war das nicht!«

Matteo sagt: »Ich habe es aber gesehen!«

Ich: »Er lügt!«

Und Matteo: »Stimmt nicht!«

Diese Szene wiederholt sich zigmal am Tag, und ich bin längst müde, mich ständig zu rechtfertigen. Manchmal sage ich schon gar nichts mehr, um mich nur nicht mehr entschuldigen zu müssen.

Um dem Irrsinn zu entkommen, bleibe ich am liebsten in meinem Zimmer. Aber der Tag ist lang. Ich habe ja keine Arbeit mehr und viel zu viel Zeit. Gut, ich helfe Evi und Harry im Haushalt und bei der Gartenarbeit, aber eben nie lange. Denn dann taucht ja Matteo auf mit seinen Unterstellungen, und es gipfelt in Auseinandersetzungen. Ich bin müde und verzweifelt, eigentlich mehr als je zuvor, und das sieht man mir an.

*

»Irgendetwas stimmt nicht! Du siehst schlecht aus und bist auch viel zu häufig krank!«

Evi macht sich Sorgen. Auf der einen Seite fühle ich mich ertappt, weil sie vielleicht gemerkt hat, dass ich eine schwere Essstörung habe. Auf der anderen Seite tut mir ihre Anteilnahme gut. Sie sieht, dass etwas nicht stimmt, und reagiert. Das ist wie Streicheln.

Die Bulimie hat mir körperlich sehr zugesetzt. Die viel zu häufig herausgewürgte Magensäure hat die Zähne angegriffen. Mein Körper bekommt nicht mehr ausreichend Nährstoffe und ist ausgelaugt. Ich habe ständig Infekte.

Die Angst, zu dick zu sein, und auch deshalb abgelehnt zu werden, lässt mich in Extremen leben. Wenn ich es schaffe, esse ich nichts. Gegen das Hungerfühl trinke ich mindestens vier Liter Wasser täglich, lutsche Eiswürfel und löffle Milchschaum.

Wenn ich trotzdem den Hunger nicht aushalte, kommt das andere Extrem. Dann stürme ich in den Supermarkt und kaufe mir haufenweise Süßigkeiten, Chips, Waffeln.

Lauter eingepackte Sachen, die ich heimlich in meinem Zimmer esse, denn kochen kann ich mir nichts. Evi ist immer zu Hause und würde sofort merken, wenn ich Essen zubereite, besonders in den Mengen. Sie würde auch merken, wenn ich über ihren Kühlschrankinhalt herfallen würde, deshalb muss ich mir allein etwas kaufen und es heimlich hinunterschlingen.

Aber auch das Ende meiner Fressorgien ist katastrophal. Ich will ja um keinen Preis dick werden und möchte das in mich hineingestopfte Essen sofort wieder auskotzen.

Doch wohin? Im ganzen Haus hört man, wenn ich die Toilettenspülung bediene. Evi hat mich einmal beim Erbrechen erwischt und ist seitdem aufmerksam. Ihre Augen sind überall. Aber ich habe mir etwas anderes ausgedacht: Ich kann nicht wie bei Carola einfach hinters Haus brechen, stattdessen nehme ich Tetra Paks, die Behältnisse von Saft und Milch. Die kann man gut verschließen und hinter der Gardine deponieren, bis die Luft rein ist und ich sie in irgendwelche Mülltonnen in der Straße entsorgen kann. Bislang zumindest ist sie mir noch nicht auf die Schliche gekommen.

*

Atmen, ruhig und gleichmäßig. Einatmen. Ausatmen. Einatmen. Ausatmen.

Verdammt, nichts hilft! Mein Herz rast wie verrückt, und meine Beine zittern so stark, dass ich nicht aufstehen kann. Ich habe einen trockenen Mund und das Gefühl, mein Hals platzt. Mir ist schwindelig, und ich denke jeden Moment, dass ich die Besinnung verliere.

Ich weiß nicht, wie lange ich jetzt schon auf meinem Bett sitze und versuche, heute, an diesem herrlichen Sommertag, vor die Tür zu gehen. Die ganze Familie macht einen Fahrradausflug. Ich sollte mitkommen, aber ich kann nicht aus dem Haus gehen. Die Angst ist zu stark.

Seit Wochen geht das schon so. Ich bin so gut wie nur noch zu Hause. Die Angst lässt nicht mehr viel zu. Ich habe Angst davor, dick zu werden, zu ersticken, zu sterben, allein zu sein, keinen Anschluss zu finden, verlassen zu werden und, und, und. Ich bin die wandelnde Angst und habe Angst vor der Angst. Die Katze beißt sich in den Schwanz.

Halbwegs sicher fühle ich mich nur noch in meinem kleinen Kellerzimmer. Aber natürlich macht mich dieses Leben auch einsam, und ich versuche der Qual zu entkommen, indem ich zumindest ab und zu den Weg nach draußen suche.

Heute ist es wieder so weit. Ich möchte in die Küche und mich mit ganz viel Essen belohnen. Der Zeitpunkt ist ideal, denn ich bin allein zu Hause und kann mich frei bewegen. Allerdings macht die Angst es mir schwer.

Einatmen. Ausatmen. Einatmen. Ausatmen.

Mit einem Ruck stütze ich mich vom Bett ab und stakse auf wackligen Beinen zur Tür. Die Aussicht auf Essen lässt mich die Angst zumindest für den Moment überwinden. Ich erreiche sogar die Küche und mache mir eine Tiefkühlpizza warm, die ich in wenigen Augenblicken verschlinge.

Als der letzte Bissen unten ist, stürme ich schon auf die Toilette und erleichtere mich, indem ich alles wieder herausbreche. Mein Hals brennt von der Magensäure, mein Kopf dreht sich, weil ich so lange nichts gegessen habe. Mein Kreislauf spielt verrückt, aber ich habe trotzdem eine wahnsinnige Idee: Ich könnte zur Tankstelle laufen und mich mit allem eindecken, worauf ich Appetit habe. Nutella, Waffeln, Vanilleeis.

Ich sehe in mein Portemonnaie. Ich kann es mir leisten. Ich bekomme Hartz IV und muss bei Evi nur einen Teil davon an Kostgeld abgeben. Mit dem Rest komme ich gut zurecht. Sogar jetzt am Monatsende reicht das Geld für einen großzügigen »Einkaufstrip«.

Die Angst. Sie muss weg. Einatmen. Ausatmen.

Ich schaffe es. Langsam gehe ich durch die Straßen, halte mich zwischendurch an Gartenzäunen fest.

Einatmen. Ausatmen.

Ich schaffe es. In der Tankstelle fülle ich meine zwei riesengroßen Plastiktüten mit Essen. Schon beim Hinausgehen reiße ich eine Chipstüte auf und greife zu. Zum Glück kenne ich eine verschwiegen gelegene kleine Parkbank, die man von der Straße aus nicht einsehen kann. Ich habe schon mehrmals dort gesessen und mich richtig satt gegessen. Heute ist wieder der Tag für ein Festmahl.

Für den Fall, dass jemand kommt, nehme ich immer nur eine Packung heraus und esse sie auf. Die anderen bleiben in der Tüte unter der Sitzfläche.

Ich esse schneller und schneller, schließe die Augen und spüre, wie sich langsam mein Magen füllt und das Hungergefühl verschwindet. Doch statt Hunger breitet sich jetzt wieder die Angst aus. Die Angst, dick zu werden und gemobbt und ausgestoßen zu sein.

»*Sieh mal, die fette Kuh da hinten*«, höre ich plötzlich eine Stimme. Sie könnte zu Lisa gehören. Oder Hanna oder Inka, Tatjana oder Mina. All die Mädchen aus der Klasse, die sich immer über mich lustig gemacht haben.

»*Von hinten siehst du aus wie ein Kutschpferd*«, höre ich jetzt Uwe sagen, einen meiner Betreuer aus der WG. Er fand das wohl lustig, weil er selbst sehr übergewichtig war. Witzig, selbstironisch … Aber mich hat es jedes Mal sehr getroffen.

Ich will nicht dick sein, ich will auch nicht ungeliebt und schon gar nicht allein sein. Aber ändern kann ich nur das Erste. Das habe ich mittlerweile begriffen.

Ich springe von der Bank auf und renne ins Gebüsch. Es geht alles ganz schnell. Entschlossen stecke ich mir den Finger in den Hals und breche alles wieder aus, was ich gerade gegessen habe. Es geht nach all den Jahren so schnell und schmerzt nicht mal mehr. Ich breche, wie andere husten: schnell, beiläufig. Ich muss nicht mehr würgen, mich nicht quälen und überwinden.

Meine einzige Sorge ist, dass mich hier jemand sieht. Deshalb hole ich schnell ein Taschentuch heraus, wische mir den Mund ab, und dann setze ich mich wieder, als wäre nichts geschehen, und ziehe die Tüte unter der Bank hervor. Es gibt noch Schokobonbons und Waffeln.

Ich bleibe Stunden auf dieser Bank, esse, stopfe, erbreche. Irgendwann bin ich so erschöpft, dass ich mich auf den Heimweg mache. Es sind nur wenige Minuten bis nach Hause, aber ich brauche fast eine Stunde, weil ich so langsam gehe.

Zu Hause höre ich Evi und die anderen in der Küche. Ich will nicht, dass sie mich so sehen. Ich will keine Auseinandersetzung mit Matteo und keine Fragen von Evi. Ich will allein sein und weinen. Ich hasse mein Leben und möchte es am liebsten loswerden. Kann denn Sterben so schwer sein? Ich könnte Tabletten nehmen. Aber ich habe Angst, nicht schnell genug tot zu sein.

Die Angst macht mein Leben zur Hölle. Ich finde weder tagsüber noch nachts Ruhe.

Und egal, wie sehr ich geheim halten möchte, dass es mir schlecht geht, es fällt auf, und so kommt das Unausweichliche: Ich lande wieder in der Klinik. – Dieses Mal bin ich sogar erleichtert. Denn ich hoffe, dass man mir endlich helfen kann.

Die Angst hat mein Leben in den vergangenen Monaten zu einem einzigen Albtraum gemacht. Hier, im geschützten Umfeld der Klinik, fühle ich mich etwas besser, zumindest kann ich schlafen.

Das liegt auch daran, dass ich einen rundherum ausgefüllten Tag habe. Neben der Gesprächstherapie gibt es viele Sportangebote, außerdem kann ich malen und basteln und mache sehr gern Skulpturen aus Holz. Insgesamt fühle ich mich wohl, ich habe auch bald Anschluss gefunden, fühle mich geborgen.

Gegen die Angst lerne ich vorzugehen, mit verschiedenen Methoden: mal wieder. Es ist lustig, aber es sind dieselben, die mir schon Dr. Wurzbach nahe brachte.

Ich drehe mich im Kreis.

*

»Sie soll verschwinden!« Ein Satz wie ein Keulenschlag.

Matteo sagt ihn beim Mittagessen, und ich erstarre. Er sitzt mir gegenüber und sieht mich hämisch an. »Wenn sie endlich weg ist, haben wir auch wieder eine ordentliche Wohnung«, hetzt er weiter gegen mich.

Angeblich habe ich vorhin die Küche verwüstet, sogar Teller und Tassen zerbrochen und Essensreste auf dem Boden verteilt. Aber es ist nur eine seiner vielen Lügen. Das Porzellan wird *er* zerdeppert haben, und die Essensreste stammen mit Sicherheit auch von ihm. Von wem sonst? Von mir jedenfalls nicht.

Es ist Samstag, und seitdem ich in der Klinik bin, komme ich nur am Wochenende nach Hause. Ja, bei Evi, Harry und den beiden Kindern Carlotta und Matteo ist mein Zuhause. Ich habe kein anderes.

Zu meinem Vater gehe ich kaum noch. Ich fühle mich in meinem alten Zuhause längst nicht mehr gern gesehen. Leonie hat jetzt das Sagen, und sie scheint mich als Störenfried zu empfinden.

Mein Zuhause ist bei Evi und Harry, aber einer sieht das nach wie vor anders: Matteo. Der Junge ist jetzt zehn Jahre alt und macht mir das Leben weiter zur Hölle. Er will mich mit allen Mitteln weghaben, das ist deutlich. Deshalb denkt er sich weiterhin pausenlos Gemeinheiten und Fallen aus, in die ich auch oft genug prompt hineintapse.

»Natalie hat …«, so beginnt mittlerweile fast jeder Satz von ihm, und ich muss mich für alles Mögliche rechtfertigen. Mal habe ich angeblich das ganze Nutella-Glas aufgegessen, mal die Terrassentüren offen gelassen, mal den Wasserhahn nicht zugedreht.

Gut, Evi und Harry versuchen, gerecht zu sein und fragen auch nach, wenn es mit seinen Vorwürfen losgeht. Ein paarmal sind sie seinen Fantasiegeschichten auch auf den Grund gegangen und haben gemerkt, dass er sich alles nur ausdenkt, um mich aus der Familie zu ekeln. Aber langsam fehlt ihnen wohl auch die Lust dazu, jeden Tag Detektivarbeit zu leisten.

Evi ist wirklich bemüht, aber man spürt, dass ihr der ganze Hickhack über den Kopf wächst. Vielleicht hat sie auch während meines Klinikaufenthaltes gemerkt, dass es allen besser geht, wenn ich nicht da bin. Denn dann gibt es vermutlich keine Streitereien, weil Matteo keinen Anlass für seine Intrigen hat.

Vielleicht sorgt sie sich auch um ihren Sohn, dem es laut eigener Aussage schon sehr schlecht gehe, wenn ich nur das Haus betreten würde. Er will dann am Montag nicht mehr in die Schule gehen, weil er sich nicht konzentrieren könne und sich angegriffen fühle. Zumindest erzählt er das immer und sorgt damit bei seinen Eltern für ziemlichen Wirbel.

Aber am heutigen Samstag lässt er sich noch etwas ganz Besonderes einfallen.

Ich bin gerade im Garten, als er plötzlich schreiend durchs Haus läuft, wild »Hilfe, Hilfe« ruft und sich weinend in seinem Zimmer verbarrikadiert. Evi läuft ihm sofort nach und klopft aufgebracht gegen die Tür.

Doch Matteo gibt keinen Mucks von sich, und Evi wird fast verrückt vor Angst, dass etwas Schlimmes passiert ist. Verzweifelt ruft sie immer wieder seinen Namen, und natürlich gibt sie mir beiläufig auch die Schuld für seinen Zusammenbruch.

»Es liegt alles nur daran, weil er sich so aufregt über dich!«, zischt sie mir zu, und ich wehre mich dagegen, weil ich ja gar nicht in seiner Nähe war.

Ein Wort ergibt dann das andere.

Irgendwann ist Matteo bereit zu sprechen. Heraus kommt, dass ich angeblich mit Kerzen in meinem Zimmer zündle und das Haus anstecken wolle, damit alle verbrennen.

Ich kann bei so viel Unsinn nur mitleidig den Kopf schütteln – was Evi dazu verleitet, mir vorzuwerfen, dass ich Matteos Befürchtungen nicht ernst nähme.

Harry hält sich raus. Wie meist. Carlotta ist bei einer Freundin, und ich schließe mich daraufhin in meinem Zimmer ein, was aber niemanden interessiert: Bei mir wird nicht geklopft.

Abends, beim Essen, gibt es dann ein richtiges Tribunal.

»Matteo, sag du doch, was wir machen sollen? Bist du bereit, mit Natalie weiter zusammenzuleben?«, fragt Evi ihn allen Ernstes.

Er ist ein eifersüchtiges Kind, zehn Jahre alt, und darf jetzt entscheiden, wo ich künftig wohnen soll! Ich fühle mich unendlich erniedrigt.

Und wie zu erwarten, wiederholt er genau denselben Satz, den er schon mittags gesagt hat: »Sie soll verschwinden!« Niemand sieht, dass er mich dabei verstohlen angrinst. Er hat gewonnen und weiß es.

»Es ist vielleicht wirklich besser, wenn du mal eine Zeit lang nicht zu uns kommst«, sagt Evi da, und der Triumph ist Matteo vom Gesicht abzulesen.

Wie ein geprügelter Hund schleiche ich mich in mein Zimmer, packe meine Sachen in zwei Taschen und weine Rotz und Wasser.

Wenig später steht Harry in meinem Zimmer und sieht mich bedröppelt an. »Es tut mir leid, wirklich! Bitte versuch uns zu verstehen, aber Matteo kommt damit nicht zurecht. Er ist neuerdings in der Schule schlecht und auch auffallend aggressiv. Wir müssen an ihn denken …«

»Aber das liegt doch nicht an mir!«, schluchze ich und sehe Harry hilfesuchend an. »Ich habe doch nichts getan!«

Harry steht mit hängenden Armen da und sieht wirklich hilflos aus.

Ich mag ihn. Er war immer nett zu mir.

Ich weiß, dass er zwischen zwei Stühlen sitzt. Er mag mich, ganz sicher, aber er muss zu seiner Familie halten, und ich gehöre nun mal nicht dazu. Ich bin ein Fremdkörper, ein Eindringling, das fünfte Rad am Wagen.

Ich störe und muss weg. So einfach ist das.

Harry blickt jetzt zu Boden und sucht nach Worten, einer Erklärung.

»Ich weiß, Natalie. Du hast nichts getan. Aber Matteo erträgt niemanden neben sich, und er geht an der Situation kaputt – und wir vermutlich langsam auch.«

»Warum?«

»Der ständige Streit setzt uns zu, und du hast ja hier auch nur Probleme. Evi war so oft bei deinem Betreuer und hat gebeten, dass man uns hilft. Aber niemand hat jemals auf unsere Nachfragen reagiert. Doch allein, ohne professionelle Hilfe, schaffen wir es nicht.«

»Wo soll ich denn jetzt hin?«, schniefe ich und bin so verzweifelt, dass ich an Selbstmord denke und »am liebsten wäre ich tot« stammle.

»Natalie, bitte sag so etwas nicht … Ich bringe dich zurück

in die Klinik und erkläre dort, was passiert ist. Man wird dir helfen, ganz bestimmt.«

»Aber ich will bei euch bleiben! Bitte.«

Ich sehe Harry mit traurigen Augen an.

»Bitte, bitte schickt mich nicht weg. Ich sage auch nichts mehr, ganz bestimmt nicht. Ich kann euch helfen, den Haushalt machen, Harry. Bitte. Sprich mit Evi …«

Ich bin so verzweifelt, dass sich meine Stimme fast überschlägt.

»Harry, bitte«, flehe ich ihn an.

»Natalie, komm jetzt. Es gibt kein Zurück mehr.«

Er steht in der Tür und nickt mir aufmunternd zu.

»Kommst du?«

Ich stehe auf und will seine Hand ergreifen, doch er zieht sie weg.

»Natalie, lass das. Bitte komm!«, sagt er, und ich sehe in seinem Gesicht, dass ihm das wehtut.

Ich gebe auf, nehme meine Taschen und trotte weinend an ihm vorbei ins Treppenhaus.

»Kann ich mich noch von Evi verabschieden?«, frage ich leise.

Harry schüttelt den Kopf.

»Nee, lass mal. Es ist besser, wenn du jetzt gehst. Du bist ja nicht aus der Welt.«

Ich fühle mich wie abgeführt, als wir beide aus dem Haus zu seinem Auto gehen. Wir sprechen kein Wort mehr, und ich habe sowieso Mühe, die Fahrt durchzustehen. Denn mit jedem Meter, den wir mein Zuhause hinter uns lassen, steigt meine Angst.

Einatmen. Ausatmen.

Ich versuche, Ruhe zu finden. Aber es gelingt mir nicht. Ich japse verzweifelt nach Luft, aber Harry tut so, als bekäme er von alldem nichts mit.

Vor der Klinik angekommen, holt er meine Taschen aus dem Kofferraum, öffnet die Beifahrertür und zieht mich am Arm aus dem Wagen.

Ich wehre mich nicht, warum auch.

Ich habe viel zu viel Angst zu ersticken, denn die Angst wird gerade übermächtig. Ich brauche dringend Hilfe.

In drei Wochen ist meine Therapie vorbei, und ich weiß nicht, wo ich nach meiner Entlassung schlafen werde.

Wie es jetzt aussieht, wohl auf der Straße.

KAPITEL 5

Mein neues Zuhause hat zwei Zimmer, ist vierzig Quadratmeter groß und liegt in der Nähe von Münster, nur wenige Meter von der Klinik entfernt. Vom Wohnzimmer aus kann ich auf die belebte Straße sehen, und ich habe ein niedliches kleines Bad. Harry hatte recht: In der Klinik kümmerte man sich wirklich um mich. Eine Sozialarbeiterin hat sich super engagiert und für mich eine Wohnung gefunden. Passend zum Ende meiner stationären Therapie konnte ich direkt dort einziehen.

Es fühlt sich an, als ob ich sämtliche Geburtstage auf einmal feiern dürfte, juble ich innerlich, als ich die erste Nacht in meinem eigenen Zuhause verbringe. Ich habe endlich eine Bleibe, aus der mich niemand mehr vertreiben kann.

Aber es tut sich noch viel mehr. Meine Stunden in der Tagesklinik sind reduziert. Man traut mir zu, das Leben ohne Hilfe zu meistern.

Meine Betreuerin vom Sozialpsychiatrischen Dienst ist neuerdings Frau Hirmer, eine sympathische Dame mit kurzgeschnittenen dunklen Haaren, etwa zwanzig Jahre älter als ich. Sie steht voll und ganz hinter mir und will mir helfen, einen neuen Weg einzuschlagen. Und das macht sie richtig gut.

Egal, wie sehr ich manchmal tobe, schimpfe und mich lautstark gegen mein Schicksal stemme, sie lächelt mich nur an und meint: »So, jetzt beruhig dich erst mal, und dann sprechen wir vernünftig.«

Sie gewöhnt mir mit ihrer immer freundlichen, aber auch konsequenten Art das Rebellische, Unkontrollierte ab und berührt vorsichtig genau die Stellen, an denen ich empfindlich bin.

»Du hast dein Leben in der Hand, und du entscheidest, welches Drehbuch du schreiben möchtest«, sagt sie mir in Momenten, in denen ich vor Selbstmitleid zerfließen und unbedingt die Verantwortung abgeben möchte. Sie ist unbequem für mich, aber ungeheuer hilfreich. Sie gibt auch richtig Gas und meint, ich bräuchte mehr Alltag jenseits des Kliniklebens mit Kontakten aus dem »normalen« Umfeld und mehr Herausforderungen für meinen Kopf.

»Du bist intelligent, Natalie. Mach etwas aus deinem Leben«, rät sie mir bei einem ihrer zahlreichen Besuche und empfiehlt, den Realschulabschluss nachzuholen.

»Meinen Sie, ich kann das?«, zweifle ich und habe das Gefühl, ich müsse dafür nach den Sternen greifen.

»Ich habe keine Zweifel!«, antwortet sie mit fester Stimme, und eine Woche später bin ich in der Schule angemeldet.

Es dauert ein bisschen, bis mein von ihr gezimmerter neuer Alltag Routine für mich wird. Ich habe plötzlich ein Leben: mit eigener Wohnung, Schulfreundinnen und spannendem Unterricht.

Aber damit noch nicht genug. Ich habe auch einen Ein-Euro-Job und helfe stundenweise in einem Altenheim. Auch das war die Idee von Frau Hirmer, und ich bin ihr total dankbar dafür, denn der Job ist klasse, und ich freue mich immer, wenn ich bei den alten Menschen sein kann.

»Ist Natalie nicht da?« und »Wo ist Natalie?« höre ich sofort, wenn mein Dienst beginnt, und das ist Balsam für meine Seele, wenn ich gefragt bin.

Die alten Leute scheinen mich wirklich zu mögen, weil ich zuhöre, Witze mache und mit ihnen lache. Ich schlage auch mal über die Strenge, achte jedoch sehr darauf, mich nicht erwischen zu lassen. Das macht meinen Schützlingen dann besonders viel Spaß.

»Wo ist Natalie?«, lautet auch die Standardfrage von Frau Wefers, einer herrlich schrägen Frau weit über 80. Sie ist Raucherin, darf aber nach dem Willen der Pflegerinnen keine Zigarette anrühren. Wenn Frau Wefers nach mir ruft, heißt das: Wir gehen spazieren!

Augenzwinkernd kommt sie mir dann schon im Rollstuhl auf dem Flur entgegen und erzählt laut, dass sie Lust auf eine Tour durch den Park habe. Und dann geht's los. Auf »unsere« Bank, die genau dort steht, wo man uns vom Heim aus nicht mehr sehen kann.

Dort machen wir es uns gemütlich. Sie hat Zigaretten dabei, ich Kekse, manchmal auch eine Kanne Tee. Und dann »paffen« wir, wie Frau Wefers es immer nennt, und dabei pustet sie genüsslich Ringe in die Luft und beobachtet, wie sie sich auflösen. Sie erzählt dann von früher, von ihrem Mann, einem Lehrer, und den Nachbarn und ihren gemeinsamen Spieleabenden, bei denen immer geraucht wurde. Ihre Augen strahlen dann heller – und meine vermutlich auch, weil ich mich freue, dass Frau Wefers sich freut.

Bevor es zurück ins Heim geht, drehen wir auch noch ein paar Runden durch den Park, zum »Auslüften« wie Frau Wefers dann immer kess sagt, damit uns die Pflegerinnen nicht auf die Schliche kommen.

Es gibt aber auch Herrn Körner, dem ich Fußballzeitschriften besorge, und Frau Ellerbeck, die mir Geld zusteckt, damit ich ihr superteure Parfüms mitbringe. »Das ist in meinen Kreisen eine Stilfrage«, sagt sie immer näselnd und ist zwar ungeheuer arrogant, aber auch sehr liebenswert. Sie stammt angeblich von einem Gut in Ostpreußen, aber ihre Zimmernachbarin, Frau Sommer, meint immer nur bissig, dass sie aus dem »Pott« komme und alles andere ausgedacht sei.

Es ist eine eigene Welt im Heim, und ich liebe es, Teil davon zu sein.

*

Einatmen. Ausatmen. Einatmen. Ausatmen.

Aber wie? Ich bekomme keine Luft mehr und japse immer verzweifelter. Ich ersticke. Ich spüre es. Mein Herz rumpst unregelmäßig wie ein Motor, der auf Hochtouren läuft, aber dann ins Stottern gerät. Heute überlebe ich die Angstattacke nicht, schießt mir in meiner Panik durch den Kopf!

Ich bin noch in der Realschule, genauer auf der Damentoilette. Dort kauere ich schon gefühlt Stunden auf dem Toilettensitz und versuche zu überleben.

Es ist später Nachmittag, und meine Mitschüler sind um diese Zeit bereits alle gegangen. Vermutlich bin ich allein im Gebäude, höchstens der Putztrupp ist noch da, und es ist nur eine Frage der Zeit, bis jemand an die Toilettentür klopft und mich findet. Zur Angst vor dem Tod kommt jetzt noch die Angst vor Entdeckung. Ich will nicht hier in der Schule als Pflegefall gelten. Also krümme ich mich noch enger zusammen, so als könnte ich mich damit unsichtbar machen.

Eigentlich wollte ich um 15 Uhr mit dem Zug nach Hause fahren. Aber dann habe ich beim Hinausgehen einen Schauer der Angst gespürt. Es war, als ob ich an einer unsichtbaren Schranke stünde: Ich wollte gern hinaus ins Leben gehen, aber ich konnte es plötzlich nicht mehr.

Ich traute mich nicht, noch einen Schritt weiter zu gehen. Ich hatte Angst, Angst vor den Menschen, vor Begegnungen und Konflikten mit ihnen. Aber am meisten Angst vor der Zugfahrt. Ich konnte nicht in den Zug steigen, nein, ich konnte die Enge, das Ausgeliefertsein, ich konnte das alles nicht aushalten.

»Ihr blödes Rattenpack bleibt jetzt da. Keiner haut ab. Seht zu, dass ihr Ruhe gebt! Los, los, etwas schneller.« Mamas Hand schiebt mich ins Zimmer, in dem schon die drei Kleinen auf einer Matratze hocken und teilnahmslos in die Luft starren. Dann höre ich das Knarren des Metallriegels. Die Tür ist zu. Wir sind gefangen. Ausgeliefert.

»Mama, bitte, lass uns raus!«, wimmere ich. Ich habe Angst, eingesperrt zu sein. »Was ist, wenn es brennt. Mama, Mama, bitte!« Aber ich höre nur noch ihre Schritte auf der Kellertreppe, die nach oben führt. Stille. Mama ist weg. Sie wird mit Papa auf Tour sein, vermutlich gleich »Im Fässchen«, sitzen. Sophia weint jetzt. Jonas rutscht auf die Matratze. Er hat aushalten gelernt. Und ich hocke mich zu den dreien und versuche, die aufkochende Angst auszuhalten.

»Bekommst du keine Luft?«, fragt Sophia. Ich schüttle den Kopf, presse ein leises »Nein« heraus, aber auch ein »geht schon«. Ich will nicht, dass sie noch mehr leidet.

Das Schließen der Zugtüren erinnert mich immer an die Zimmertür. Wumms – und ich bin gefangen. Nein, ich kann nicht. Ich kann nicht fahren! Manchmal geht es, manchmal halte ich die Angst aus. Aber heute nicht. Auf keinen Fall.

Einatmen. Ausatmen.

Heute geht es nicht. Ich bekomme kaum Luft. Aber ich kann doch nicht die ganze Nacht hier hocken bleiben.

Mit zittrigen Händen fingere ich das Handy aus meinem Rucksack, drücke meine rote Notfalltaste. Ich darf sie nicht beliebig nutzen, sondern wirklich nur in absoluten Krisen. Das hat mir Frau Hirmer eingebläut.

Heute ist so eine Krise, in der nichts mehr geht, und ich habe zum Glück meine Retterin gleich in der Leitung.

»Bitte, bitte, Sie müssen mich abholen. Bitte«, keuche ich fahrig ins Telefon. »Frau Hirmer. Bitte.«

Ein paar Sekunden lang bleibt es am anderen Ende der Leitung stumm.

»Frau Hirmer«, wiederhole ich noch einmal, jetzt schon wesentlich lauter. »Frau Hirmer, wo sind Sie? Warum sagen Sie nichts?«

Warme Tränen kullern mir über die Wangen. Das kann doch nicht sein, dass sie nicht spricht.

»Natalie, atme tief durch«, höre ich dann endlich ihre Stimme.

»Das mache ich doch die ganze Zeit schon!«

»Atme ruhig ein und aus, und tu jetzt, was ich dir sage, hörst du?«

Ihre Stimme klingt ruhig, warm, zugewandt.

»Sie müssen mich abholen. Wann kommen Sie?«, frage ich erneut und rutsche jetzt nervös auf dem Klodeckel hin und her.

»Ich komme gar nicht … Du fährst mit dem Zug. So wie immer.«

Jetzt wird mir schwarz vor Augen. Sie lässt mich im Stich. Ich kann es nicht glauben.

»Frau Hirmer. Bitte, bitte. Ich habe solche Angst …«, stammle ich jetzt und habe nur einen Wunsch: Ich möchte, dass jemand bei mir ist.

»Natalie, hör mir zu«, spricht Frau Hirmer nun weiter. Sie scheint meine Todesangst gar nicht wahrzunehmen.

»Natalie, hörst du?«

»Ja«, antworte ich, gefühlt mit letzter Kraft.

»Natalie, wo bist du?«

»Auf der Schultoilette«, antworte ich wahrheitsgemäß.

»Hast du deine Sachen dabei? Die Fahrkarte?«

»Ja.«

»Gut, dann öffnest du jetzt die Toilettentür und gehst hinaus. Du verlässt das Schulgebäude, hörst du, und du gehst direkt zum Bahnhof. Das Handy behältst du dabei am Ohr. Ich bin bei dir. Geh jetzt los!«

»Ich kann nicht, ich habe solche Angst!«

»Geh bitte, Natalie. Lass die Angst zu, halte sie aus. Atme dabei. Hörst du?«

Vorsichtig stehe ich auf, drehe den Kippschalter an der Tür und gehe in den Waschraum. Es ist niemand da, aber ich höre Stimmen. Es sind die Reinigungsfrauen.

»Atme, Natalie. Ganz ruhig. Und trink einen Schluck Wasser. Du hast ja deine Flasche dabei. Hol sie aus der Tasche und trink etwas.«

Ich mache genau das, was Frau Hirmer sagt.

Einatmen. Ausatmen. Einatmen. Ausatmen.

Ganz tief. Ganz ruhig.

Und dabei setze ich langsam einen Fuß vor den anderen.

Zum Glück sieht mich niemand. Rasch bin ich draußen auf dem Bürgersteig. Passanten kommen mir entgegen. Ob sie etwas merken?

»Achte nicht auf die Leute«, sagt Frau Hirmer jetzt, so als wäre sie direkt neben mir. »Halte die Angst aus. Sie wird vergehen. Es kann dir nichts passieren!«

Einatmen. Ausatmen. Einatmen. Ausatmen.

Ich gehe langsam Richtung Bahnhof.

»Bilde eine Wortkette. Ich fange an: Schulheft … Du bist dran. Bilde ein Wort mit dem letzten Buchstaben, T.«

»Tiger«, sage ich schnell.

»Roboter«, antwortet Frau Hirmer.

»Resterampe«, führe ich die Wortkette fort, und während wir uns noch die Worte zurufen, bin ich schon am Bahnhof.

Die Angst, sie ist weniger geworden. Erst als der Zug in den Bahnhof einläuft, pumpert mein Herz erneut ganz schnell.

Einatmen. Ausatmen. Einatmen. Ausatmen.

»Wir machen jetzt das Zahlenspiel. Du bist doch eine kleine Rechenrakete«, meint Frau Hirmer. Also: 64 geteilt durch 8 mal 4.«

»16«, antworte ich wie aus der Pistole geschossen und bekomme gleich die nächste Aufgabe gestellt.

Nach der dritten Knobelei sitze ich im Abteil, und Frau Hirmer fragt mich allen Ernstes, was ich gern essen möchte. Sie würde mich nächste Woche zum Essen einladen, und ich solle ihr genau sagen, was ich gern mag.

Ich bin überrumpelt. Ich kann doch nicht wissen, worauf ich nächste Woche Appetit habe.

»Pizza vielleicht. Die esse ich eigentlich immer gern«, sage ich etwas ratlos.

»Okay, du hast fünf Zutaten und keine mehr. Such dir fünf aus.«

Ich überlege, was ich lieber mag: Auberginen oder Champignons? Oder soll ich Zwiebeln dazu nehmen? Aber warum will sie das so genau wissen? Frau Hirmer ist schon speziell …

Ach was, sie fragt das nur, damit ich mich ablenke und beruhige, merke ich dann. Jetzt fällt auch bei mir der Groschen. Meine Frau Hirmer, sie ist einfach spitze.

Ich lehne mich auf meinem Platz zurück, lächle in mich hinein und zähle auf, was auf meine Pizza gehört.

»Also, ich wünsche mir Tomaten, etwas Basilikum …«

»Ihre Fahrtkarte, bitte?« Eine sympathisch lächelnde Schaffnerin unterbricht meine Gedanken.

Ich nicke höflich und zeige ihr schnell meine Monatskarte.

»Danke schön und gute Fahrt.«

»Die nächste Station ist Münster!«, höre ich dann die Durchsage. Ich bin da. Und meine Angst?

»Komm gut nach Hause, Natalie«, sagt da Frau Hirmer. »Wir sprechen morgen. Am besten stellst du dir heute Abend den Fernseher an. Es läuft ein wunderbarer Film im Ersten. Gleich um 20.15 Uhr.«

»Das mache ich«, höre ich mich sagen und steige fast schon beschwingt aus.

Die Angst ist vergangen. Ich habe es geschafft. Es war gar nicht so schlimm.

*

»Das ist Leila. Mögen Sie sie streicheln?«

Bianca Terhürne, meine neue Co-Therapeutin, arbeitet im Klinikum als psychiatrische Fachkrankenschwester und bietet eine tiergestützte Therapie an. Sie ist Anfang dreißig, hat blondes, kurzes Haar und strahlende Augen. Neben ihr sitzt ein Labrador-Mix, der ebenso offen und fröhlich blickt wie sein Frauchen.

Ich habe mich schon lange auf diesen Termin gefreut. »Tiergestützte Therapie« klang für mich auf Anhieb verlockend. Ich liebe Tiere, und wenn sie dann noch mit mir arbeiten, umso besser.

Seit einer Woche bin ich wieder stationär untergebracht. Nach meinem Riesenerfolg auf der Heimfahrt im Zug gab es leider auch wieder einige Misserfolge.

Ich habe mehrmals den Unterricht geschwänzt, nicht, weil ich nicht lernen wollte, sondern weil ich mich nicht traute, morgens zur Realschule zu fahren. Eigentlich nimmt mich eine Mitschülerin mit, aber wenn die nicht kommt, kneife ich. Denn die Fahrt im Zug, sie ist im Moment nach wie vor eine große Herausforderung für mich – und auch nicht die einzige. Ich habe einfach immer Angst. Mal mehr, mal weniger. Mehr heißt, ich gehe nicht vor die Tür, igle mich tagelang ein und weine, japse, keuche in meinen eigenen vier Wänden, egal wie sehr mich Frau Hirmer auch versucht, aus der Isolation zu locken. Weniger heißt, ich treffe mich mit Freundinnen, gehe zur Schule, kaufe ein, jogge. Ich führe dann ein Durchschnittsleben, was aber nicht heißt, dass ich keine Angst habe. Die Angst ist immer da, nur manchmal schränkt sie mich nicht so brutal ein. Dann kann ich noch an etwas anderes denken und mich zum Beispiel auf meinen

Schulstoff konzentrieren und auf meine alten Menschen im Pflegeheim.

Neuerdings wird das aber immer seltener, und deshalb haben die Ärzte mal wieder eine mehrwöchige stationäre Unterbringung vorgeschlagen. Ich bin einverstanden, zumal ich in den Schulferien aufgenommen werde, damit ich meinen Unterrichtsstoff nicht verpasse, und eine Zeit lang werde ich noch beurlaubt. Allerdings ist die Klinik dieses Mal 60 Kilometer entfernt. Aber das ist nicht wichtig. Ich tue alles, um diese Angst in den Griff zu bekommen.

Doch die Fachleute sind auch jetzt wieder recht ratlos, und daher empfehlen sie mir dieses Mal eine weitere Therapeutin, nämlich eine vierbeinige.

»Und Leila kann mir jetzt helfen?«, frage ich lachend, setze mich gleich neben die Hündin und kraule ihr Fell. Ich mag Tiere, kann mir aber wirklich nicht vorstellen, was Leila für mich tun kann.

»Ein Tier kann das Leben eines Menschen positiv verändern«, erklärt mir Frau Terhürne, und als ich neugierig aufhorche, wird sie deutlicher.

»Die Nähe, die Wärme, vor allem die Zuwendung tut Menschen gut.«

Ich nicke. Das stimmt, und ich kraule Leila jetzt noch inniger den Bauch, den sie mir genüsslich entgegenstreckt.

»Wissen Sie, Tiere haben keinen Zeitdruck, kennen keinen Schulbeginn und keine Partytermine. Sie sind einfach da. Das schätzt jeder.«

»Das heißt, ich kann jetzt hier die ganze Zeit Leila streicheln?«, frage ich ungläubig.

»Das hängt von Leila ab, wenn sie das mag, warum nicht.«

»Und woran erkenne ich, ob sie das mag?«

»Das zeigt sie Ihnen. Sie reagiert auf Sie.«

»Auf mich? Dann kann ich mir vorstellen, dass sie gleich abhaut!«

»Warum?«

»Weil mit solchen Leuten wie mir nur wenige etwas zu tun haben wollen. Wir sind doch das Asipack. Das klebt an uns.«

Bianca Terhürne lächelt und schüttelt dabei den Kopf.

»Nein, nein, Natalie. Tiere interessieren sich nicht für Ihre Vergangenheit. Denen ist es egal, wo Sie herkommen.«

Sie lehnt sich entspannt in ihrem Sessel zurück und lässt mich mit Leila ganz in Ruhe spielen.

»Wissen Sie, Leila ist es egal, welchen Schulabschluss Sie geschafft haben und auch, ob Sie überhaupt einen haben. Sie interessiert sich nicht dafür, ob Ihr Pulli topmodisch ist oder nicht, und sie will auch nicht wissen, wie viel Geld Sie auf dem Konto haben. Sie spürt nur, ob Sie es gut mit ihr meinen, und darauf reagiert sie.«

Ich habe nie darüber nachgedacht, aber es klingt alles logisch.

Und die Expertin erklärt mir noch mehr.

»Leila hilft auch gegen Ihre Angst, Natalie. Allein ihre Gegenwart nimmt Ihnen Ängste. Das ist kein Hokuspokus, sondern wissenschaftlich bewiesen. Die Nähe eines Tieres senkt den Blutdruck und lenkt ab. Statt immer nur zu grübeln, beschäftigen Sie sich mit Leila, und das lässt Sie auch Ihre Angst immer häufiger vergessen.«

Ich sehe Frau Terhürne dankbar an.

»Das wäre sehr schön«, sage ich leise und streichle Leila,

die immer noch ganz zufrieden an meiner Seite liegt, sanft über die kleinen pelzigen Öhrchen.

»Wir sehen uns jetzt zweimal die Woche«, erklärt Frau Terhürne, »und ich bin sicher, dass Leila ganz viel in Ihnen anstoßen wird.«

Und sie hat recht. Die Zeit mit Leila ist die schönste in der ganzen Woche. Ich finde es herrlich, wie fröhlich sie jedes Mal auf mich reagiert. Ich habe schnell das Gefühl, dass dieser kleine Hund mich wirklich mag. Ich kenne nicht viele Lebewesen, zweibeinige und vierbeinige, von denen ich das glaube. Aber Leila schenkt mir ihr Herz, und das macht mich dankbar und stolz zugleich.

Für mich ist es jedes Mal ein kleines Erfolgserlebnis, wenn sie fröhlich auf mich zugerannt kommt, und vor Kurzem hat sie sogar dankbar meine Hand geleckt.

Und ich traue mir auch mit ihr kleine Kunststückchen zu. Ich lege ihr Spielzeug immer in einen bestimmten Kreis, und Leila holt mir der Reihe nach die Kauknochen ab. Es macht mir riesigen Spaß, mit ihr so etwas zu erarbeiten, und noch mehr Spaß macht es mir, den Erfolg zu sehen.

»Du bist doch zu allem zu blöd! In deiner Birne ist nichts außer Stroh!« Ich sollte die Wohnung fegen und habe es wohl nicht gut genug gemacht. Meine Mutter sieht fern, guckt um die Ecke und beobachtet mich genau. Ihre Standpauke lässt nicht lange auf sich warten.

»Du bist zu allem zu blöd!«

Ich weiß gar nicht, wie oft ich das von meiner Mutter gehört habe, und irgendwann habe ich es eben geglaubt. Es fällt mir schwer, diese Selbsteinschätzung zu ändern.

Es kommt ja selten vor, aber es ist mir immer schwergefallen, Lob anzunehmen. Ich kann mir dann gar nicht vorstellen, dass man mich meint. Und so sehe ich auch Frau Terhürne ungläubig an, als sie mir ein Kompliment macht.

»Gratuliere, Natalie, Sie haben wirklich ein Händchen für Tiere!«, lobt sie mich, während sich Leila an mich kuschelt.

»Meinen Sie das wirklich?«, frage ich skeptisch nach, wie immer zweifelnd, ob ich gemeint bin.

»Ja, das meine ich ernst. Zum einen kann ich das beurteilen, und zum anderen sehe ich, wie begeistert Leila mitmacht.«

»Ich habe zum ersten Mal seit Langem wieder das Gefühl, etwas gut zu machen«, vertraue ich ihr an und bin über meine Offenheit verwundert. Ich spreche nicht gern über mich und die Dinge, die sich in meinem Inneren abspielen.

Frau Terhürne geht sofort darauf ein.

»Machen Sie nicht auch die Schule gut?«, will sie jetzt wissen.

Wir sitzen uns gegenüber. Ich auf dem Patientensofa mit Leila auf dem Schoß und Bianca Terhürne mir gegenüber auf einem Sessel. Ich wundere mich, dass sie mich das fragt, und noch mehr wundere ich mich, dass ich ihr antworte. Normalerweise spreche ich mit niemandem über meine Schulnoten.

»Ja, ich bin gar nicht schlecht in der Schule, aber ich denke oft, ich könne mir das Lernen gleich sparen, weil ich es sowieso nicht schaffe.«

»Du bist zu allem zu blöd!«

In meinem Kopf höre ich wieder die donnernde Stimme meiner Mutter.

»Aber Sie können wirklich viel, Natalie. Trauen Sie sich einfach mehr zu. Ich bin sicher, Sie werden dann auch mehr erreichen.«

An Frau Terhürne und Leila liegt es nicht. Und nach meiner Entlassung aus der Klinik knie ich mich deshalb noch mehr in meinen Schulalltag.

Vielleicht bin ich ja gar nicht für alles zu blöd. Leila denkt das jedenfalls nicht …

*

Heute scheint die Sonne gar nicht mehr aufzugehen. Draußen ist es kalt und regnerisch, und in meinem Inneren sieht es ähnlich aus. Meine Seele ist ähnlich dunkel wie der Himmel. Ich liege erschöpft in meinem Bett, zittere aus einer Mischung von Angst und Schwäche.

Hinter mir liegt eine schlimme Nacht. Gestern habe ich mein Abschlusszeugnis bekommen. Übrigens mit der Note 2,1. Ich war mächtig stolz – aber auch allein. Mein Vater hat sich zur Abschlussfeier nicht blicken lassen. Es war ihm wie so oft gleichgültig. Diese Bezugslosigkeit, dieses ständige Gefühl, dass sich niemand für mich interessiert, es bohrt in meiner Seele wie ein Speer, immer tiefer, immer schmerzhafter. Ich fühle mich wie ein Nichts, nicht wert genug, gesehen zu werden. Was bringt es denn, wenn ich mich anstrenge? Ich werde doch trotzdem nicht wahrgenommen, geachtet oder gar geliebt.

Ich bin mittlerweile 28 Jahre alt und laufe mein ganzes Leben lang hechelnd wie ein Hund hinter diversen Herrchen her, die mich aber letztlich immer nur wegtreten. Niemand will, dass ich zu ihm gehöre.

Das dauerhafte Gefühl, für andere unsichtbar zu sein, droht mich innerlich aufzufressen. Es sitzt in mir wie ein Geschwür, das sich unablässig ausbreitet und immer mehr zerstört und eine verhängnisvolle Kette des Leidens auslöst.

Auch heute kann ich mit dem inneren Druck nicht anders umgehen, als zu meiner Rasierklinge zu greifen. Danach kommt der Heißhunger. Meine vernachlässigte, leidende Seele hat einen Riesenappetit, und ich füttere sie mit Pizza, Chips und Co., natürlich nur, um dann alles wieder auszubrechen.

Flankiert wird mein Verhalten von einer mittlerweile schon dauerhaften Angst. Ich weiß nicht, wie oft ich in der Nacht mit meinen unablässig blutenden Armen vor der Toilette gehockt und schmerzgekrümmt das gerade heruntergeschlungene Essen herausgewürgt habe. Bis in den frühen Morgen habe ich geritzt, gegessen, gebrochen und mich so von einer Panikattacke zur nächsten gequält.

Mein Leben ist ein pathologischer Taumel und eine Dauertherapie. Ich hangle mich von Bezugsperson zu Bezugsperson, Klinik zu Klinik. Ich rede, male, bastle, streichle Hunde. Ich lerne, wiederhole, arbeite, reiße mich zusammen und trete doch immer auf der Stelle. Auf meinem Nachtschrank liegt ein Zeugnis. Ich habe Grund, stolz auf mich zu sein. Aber ich kann es nicht. Stattdessen füge ich mir Schmerzen zu und kotze.

Ich bin erschöpft. Ich kann nicht mehr. Ich brauche erneut Hilfe.

Wie oft denn noch? Nimmt das denn nie ein Ende?

KAPITEL 6

»Borderline-Persönlichkeitsstörung?!?«

Ich sitze im Behandlungszimmers des Oberarztes, erfahre gerade meine Diagnose und kann mit dem Begriff, den ich gerade gehört habe, nicht viel anfangen. Aber ich lasse mich darauf ein, denn vielleicht ist jetzt der große Moment der Wahrheit gekommen und ich werde erfahren, warum meine Angst nicht verschwindet, warum ich seit Jahren von einer Therapie zur nächsten wechsle und doch nie so leben kann, wie ich es mir wünsche: angstfrei!

»Ein typisches Symptom ist die Selbstverletzung«, erklärt mir der Mediziner. »Es ist Ihre Methode, mit starken Emotionen zurechtzukommen.«

Ich nicke. Es stimmt. Das Ritzen verschafft mir Erleichterung.

»Nach allem, was wir von Ihnen wissen, ist Ihr Leben von Angst und Panik, von Depressionen und schwierigen zwischenmenschlichen Beziehungen geprägt. Die Schmerzen dämpfen die überschießenden Reaktionen des Gefühlszentrum.«

Ich nicke wieder, denn alles, was mir der Mediziner berichtet, trifft auf mich zu. Seit Wochen mache ich eine intensive Gesprächstherapie und werde jetzt mit dem Ergebnis konfrontiert.

Ich bin impulsiv, oh ja, und instabil, oh ja. Es trifft wirklich alles zu. Mein Alltag ist anstrengend, weil sich bei mir Gedanken und Gefühle innerhalb kürzester Zeit ändern. Ich leide unter einer extrem wechselhaften Gefühlswelt und entsprechenden Stimmungsschwankungen und heftigen Wutausbrüchen.

Er hat ja so recht.

Auch der Hinweis auf das regelmäßige Empfinden von innerer Leere stimmt und die ständige Selbstentwertung mit Gedanken wie »Ich kann sowieso nichts« und »Ich bin ja nur das Asiblag«.

Der Oberarzt sieht auf seine Unterlagen.

»Formulierungen dieser Art machen Sie unablässig. Das spricht für ein gestörtes Selbstbild und auch ein gestörtes Beziehungsverhalten.«

Richtig!

Und er weiß auch die Ursache für mein offenbar schwerwiegendes psychiatrisches Krankheitsbild, und auch hier kann ich zum wiederholten Mal nur zustimmend nicken.

»Bei Ihnen ist eine emotionale Vernachlässigung ursächlich. Ihnen fehlten die Wärme und Beständigkeit in einer Familie. Sie besaßen keine verlässlichen und berechenbaren Bezugspersonen und haben versucht, das mit wechselnden Bezugspersonen auszugleichen. Sie binden sich, man kann sagen wahllos, und werden entsprechend enttäuscht. Sie haben sich als Kind nicht wahrgenommen gefühlt. Das ist seelische Misshandlung. Dazu kam die frühe Trennungserfahrung durch den Tod der Mutter. Um diese negativen Gefühle auszuhalten, mussten Sie reagieren, mit Zorn und Wut, aber auch mit Ritzen und auffälligem Essverhalten.«

Ich höre aufmerksam zu, und zum ersten Mal schweifen meine Gedanken nicht ab und ich fühle mich nicht wie eine Beobachterin, sondern akzeptiere, dass es um mich geht.

»Sie können Ihre Reaktionen nicht kontrollieren und handeln ohne Berücksichtigung der Folgen. Dazu kommt eine deutliche Tendenz zu Streitereien, vor allem, wenn Sie für Ihre Ausbrüche kritisiert werden.«

Er schildert mir Situationen, in denen das genau so passiert ist.

»Sie haben auch Probleme, etwas auszuhalten, wenn Sie nicht immer wieder unmittelbar für Ihre Leistungen belohnt werden.«

Und als Letztes erwähnt er meine Unbeständigkeit und meine Launen. Und meine Neigung, mich zu schnell auf intensive, besonders enge Beziehungen einzulassen, ohne eine Trennung einzuplanen.

»Na bravo, ich bin ja ein Paradebeispiel für diese Störung«, sage ich eine Spur zu flapsig, aber ich möchte die Situation einfach etwas entspannen. Denn es gibt auch gute Nachrichten: Da ich kein Alkohol- oder Drogenproblem habe, ist meine Therapie leichter zu bewerkstelligen als bei vielen anderen Betroffenen.

»Und wie geht es nun für mich weiter?«, möchte ich wissen, nachdem er mir erklärt hat, worunter ich leide.

»Wir haben den Ursprung der Störung gefunden, jetzt müssen Sie lernen, Ihre Gefühle so zu zeigen, dass Sie sich zum einen nicht gegen Sie selbst und zum anderen auch nicht gegen andere richten.«

»Und wie muss ich mir das vorstellen?«

»Es gibt viele Wege. Mit den ›Wenn-dann-Planungen‹ haben Sie ja schon gute Erfolge erzielt. Da müssen Sie unbedingt am Ball bleiben. Aber das sind Reaktionen, die sich auf andere beziehen. Sie müssen auch sich selbst schützen und Ihre Gefühle anders kanalisieren: mit Sport zum Beispiel. Sie können sie zudem kreativ umsetzen, indem Sie zum Beispiel malen oder Skulpturen anfertigen. Und Sie können sich ganz einfach abreagieren: mit lautem Singen oder Schreien in ein Kissen, mit Schlagen auf einen Boxsack. Sie bekommen bei uns vielfältige Methoden an die Hand und werden die auswählen, mit der Sie am besten zurechtkommen.«

»Kann ich das denn schaffen?«

»Auf jeden Fall. Wir werden mit Ihnen üben, die Auslöser rechtzeitig wahrzunehmen und konstruktive Bewältigungsstrategien zu beherrschen. Langfristig werden auch Sie funktionierende Beziehungen haben, sowohl im privaten als auch im beruflichen Leben.«

»Und wie lange muss ich rechnen, bis sich ein Erfolg einstellt?«

»Ihnen kommt Ihr Alter entgegen. Die Intensität des Borderline-Syndroms nimmt in der Regel mit zunehmendem Alter ab, und die heftigen Gefühlsstürme werden schwächer.«

Das sind ja heftige Nachrichten. Ich lächele, fühle mich trotz allem erleichtert. Denn es gibt auch gute Neuigkeiten. Ich werde schon bald aus der Klinik entlassen und muss danach aller Voraussicht nach nur noch eine Tagesklinik aufsuchen, in der man mit mir das Handwerkszeug trainieren wird. Das bedeutet, dass ich wieder in meinen eigenen vier Wänden schlafen darf. Darauf freue ich mich sehr.

Klinikflure ade, das verheißt endlich auch wieder ein Stück Normalität.

*

»Hey, magst du einen Kaffee?«

Die Frau, die mich das im großzügigen Aufenthaltsraum der Tagesklinik fragt, fällt auf. Sie ist groß, schlank, hat mittelblondes, sehr gepflegtes Haar, ist dezent und perfekt geschminkt und für mein Therapieumfeld ungewöhnlich schick gekleidet: edles Flatterkleid, Pumps, passender Schmuck.

Warum fragt sie ausgerechnet mich, schießt es mir durch den Kopf. Aber ich freue mich, dass sie so direkt auf mich zugeht und nicke sofort.

Silvia, so stellt sie sich vor, holt zwei Becher Kaffee aus dem Automaten, und dann sitzen wir zusammen und reden. Sie beeindruckt mich sofort mit ihrer Offenheit. Ich erfahre, dass sie geschieden ist, eine Tochter und schon vier Enkelkinder hat. Silvia ist neunzehn Jahre älter als ich, eine erfolgreiche Versicherungskauffrau und hier in der Klinik wegen eines Burnouts.

»Der Druck, ständig bessere Zahlen liefern zu müssen, hat mich hierhergebracht. Anfangs war ich nur nervös, dann kamen zunehmend Ängste dazu und schließlich schlimme Panikattacken.«

Damit kenne ich mich aus, denke ich, und deshalb frage ich auch nach.

»Wie äußert sich das denn bei dir?«

»Ich bekomme keine Luft und fürchte zu ersticken. Zuletzt konnte ich nicht mehr Auto fahren und deshalb auch meinen Job im Außendienst nicht mehr ausüben. Ich bin jetzt krankgeschrieben.«

Silvia nippt an ihrem Kaffee, und die sichtbare Verletzlichkeit, mit der diese auf den ersten Blick so starke Frau spricht, beeindruckt mich sehr. Sie macht keinen Hehl daraus, dass sie Hilfe braucht. Sie schämt sich nicht dafür, sondern steht zu ihrer Schwäche, selbstbewusst und zuversichtlich. Ich wäre gern wie sie.

»Ich lerne hier, auf meinen Körper zu hören, Ruhe zu finden und hoffe, die Angst in den Griff zu bekommen.«

»Das hoffe ich auch«, antworte ich und verschweige, dass ich das schon seit Jahren tue, allerdings ohne Erfolg. Ich will sie nicht entmutigen.

Silvia und ich sitzen an diesem Tag noch lange zusammen beim Kaffee. Ich genieße die Gegenwart dieser Frau, die mich mit ihrem fröhlichen Lächeln so beeindruckt und mir Mut macht, mich meinen Problemen zu stellen.

Wir verbringen von da an viel Zeit miteinander. Zwar haben wir keine gemeinsamen Therapien, treffen uns aber täglich im Gemeinschaftsraum. Bei passendem Wetter gehen wir auch in eine nahe gelegene Eisdiele.

Ich bin gern mit ihr zusammen, weil ich mit ihr lachen kann. Aber nicht nur das: Wir sprechen auch offen darüber, was uns hilft, die Angst zu besiegen. Wir tauschen Tricks und Kniffe aus, mit denen wir uns in der Akutphase zu beruhigen versuchen. Silvia lenkt sich immer mit schönen Erinnerungen ab, stellt sich Situationen mit ihren Enkelkindern vor oder Urlaubserlebnisse.

Dazu achtet sie auch auf Reize von außen wie scharfe Pfefferminzbonbons, die sie schnell lutscht. Sie legt sich Kieselsteine in die Schuhe, um die üblichen Abläufe zu unterbrechen und das Abgleiten in die Angstspirale zu verhindern.

Die Zeit mit ihr ist aber auch deshalb kurzweilig, weil sie nicht von der Krankheit und dem Leben gebrochen wirkt, sondern mehr wie eine Kämpferin, die sich dem Schicksal entgegenstellt.

Leider bleibt Silvia nicht lange Patientin in der Tagesklinik. Nach drei Wochen ist ihre Behandlung abgeschlossen. Aber wir bleiben in Kontakt, schreiben uns fleißig über StudiVZ, bis wir uns auf dem Sommerfest der Klinik endlich wiedertreffen.

»Das müssen wir feiern«, meint Silvia und lädt mich zu einem Kaffee in »unserer« Eisdiele ein. Aber mir fällt sofort auf, dass sie verändert ist. Sie hat ihre Fröhlichkeit verloren, und offen wie sie ist, erzählt sie mir auch, warum.

Silvia hat tatsächlich geglaubt, schnell wieder in ihr altes Leben zurückkehren zu können, und ist gleich nach dem Klinikaufenthalt zur Arbeit gegangen. Sie, die Starke, die Erfolgreiche, hat geglaubt, das Leben wieder im Griff zu haben und einfach weitermachen zu können wie vorher. Aber die Angst hat sie nicht losgelassen. Im Betrieb hat man sie deshalb gemobbt. Das Ergebnis war klar: Die Angst ist noch schlimmer geworden, und immer wieder konnte sie nicht arbeiten. Schließlich ist sie komplett zusammengebrochen und hat es in den letzten Wochen kaum mehr geschafft, das Haus zu verlassen.

Ihr Schicksal berührt mich. Ich hätte nie gedacht, dass auch so erfolgreiche Menschen wie Silvia ihren Ängsten ausgeliefert sein können. Ich dachte bis jetzt, die Angst betrifft nur schwache, hilflose, unsichere Menschen wie mich.

An diesem Wiedersehenstag kommen wir uns beide richtig nah. Ich erzähle Silvia jetzt auch Details aus meiner Geschichte, die ich außer den Medizinern noch nie jemandem anvertraut habe, genauso offen, genauso schonungslos. Ihr sage ich, wie trostlos, ja auch grausam meine Kindheit gewesen sei.

Und zum Schluss stelle ich ihr eine Frage, die mir schon

lange auf dem Herzen liegt. Wir sind auf dem Rückweg zur Klinik, als ich Silvia bitte, sich mit mir auf eine Bank zu setzen.

»Ich möchte dich etwas fragen«, sage ich leise und schlucke, um etwas Zeit zu schinden. Mir fehlt der Mut.

Silvia zögert nicht, sondern setzt sich sofort, und als ich an ihre Seite rutsche, berührt sie mich schon fast mütterlich an der Schulter.

»Was ist denn, Natalie?« Ihre Stimme klingt besorgt.

Ich sehe sie an. Sie sieht wieder toll aus. Heute hat sie ihr Haar hochgesteckt, was ihr etwas Nobles verleiht. Sie trägt eine weite schwarze Hose, dazu ein beigefarbenes Top und eine auf ihr Outfit abgestimmte Sonnenbrille.

Ich habe eine einfache Jeans an und dazu ein rotes Baumwollshirt. Es ist auf den ersten Blick sichtbar: Wir passen nicht zusammen. Sie ist fast zwanzig Jahre älter, reif, gediegen. Ich bin dagegen ein dummes Gör. Und das ist mein Problem.

»Ich möchte wissen, warum du so viel Zeit mit mir verbringst«, frage ich jetzt direkt und bin froh, den Satz endlich ausgesprochen zu haben.

Silvia scheint ehrlich überrascht zu sein.

»Das musst du mir genauer erklären«, meint sie und schüttelt ungläubig den Kopf. »Meinst du damit, warum wir beide befreundet sind?«

»Sind wir das?«

»Aber, Natalie, ich denke schon. Zweifelst du daran?«

»Nein, nein«, verhasple ich mich. »Ich bin ja froh, ich meine, ich bin gern deine Freundin. Aber was gebe *ich* dir? Ich, das Asiblag!«

Silvia sieht mich jetzt an, so warm und freundlich, dass mir fast die Tränen kommen. Und dann macht sie etwas, das ich ihr nie vergessen werde. Sie steht auf, zieht mich mit beiden Händen von der Bank hoch und nimmt mich in den Arm. Ganz fest umschließt sie mich mit ihren Armen und drückt mich an ihre Brust. Ich kann mich nicht erinnern, schon einmal so viel Nähe und Geborgenheit gespürt zu haben. Ich glaube, es ist das erste Mal, dass mich jemand in meinem Leben so lang und liebevoll in den Arm nimmt. Ich erfahre offen gezeigte Zuneigung, vielleicht sogar freundschaftliche Liebe.

Anfangs weiß ich nicht, wie ich damit umgehen soll, und sträube mich gegen die Nähe und das Gefühl. Aber Silvia lässt mich einfach nicht los, und dann überwältigen mich die Gefühle, und ich weine in ihren Armen.

Irgendwann schiebt sie mich sanft zurück, fasst mir mit der einen Hand unter das Kinn und mit der anderen wischt sie mir die Tränen weg. Dabei sieht sie mich an und meint: »So, nun hör mal zu, meine liebe Natalie. Ich sag dir jetzt mal was: Du bist eine wunderbare junge Frau mit großem Herzen. Du hast eine Leichtigkeit, die alle ansteckt, die mit dir zu tun haben, und einen Humor, der einfach Spaß macht. Du bist intelligent und spritzig, hilfsbereit und ehrlich. Reicht das?«

Ich nicke verlegen mit dem Kopf und vermeide zu sagen, was ich denke: Das kann sie doch nicht so meinen. Denn mein großes Problem ist, dass ich mit Zuwendung oder gar Komplimenten nicht umgehen kann. Mich kann man unmöglich mögen, denke ich auch, und dann sind sie wieder da, die Bilder aus der Vergangenheit.

»Du bist nichts, du kannst nichts und du bist zu allem zu blöd!« Mein Vater steht vor mir und schreit mich so laut an, dass ich glaube, das Glas in den Fenstern zerspringt. Ich weiß über-

haupt nicht, was der Grund für seinen Ausraster ist. Aber ich muss auch nicht darüber nachdenken, denn er braucht keinen Grund. Er brüllt einfach drauflos, und weil niemand anderes da ist, brüllt er eben uns Kinder an.

»Natalie? Huhu?« Silvia holt mich aus meinen Gedanken.

»Komm, lass uns gehen!«

Silvia hakt mich jetzt vertraut unter. Ich laufe wie auf Wolken, leicht und aufgehoben. Es ist schön, gemocht zu werden.

»Sag mal, magst du mich mal besuchen? Es ist ja nicht weit?«, fragt Silvia da.

»Ja, gern, wann kannst du denn?«, antworte ich und freue mich riesig darüber, dass sie fragt.

»Dieses Wochenende ist es schlecht. Ich streiche meine Wohnung. Aber danach jederzeit.«

»Dann komme ich lieber dieses Wochenende«, sage ich sofort und lache verschmitzt. »Ich bin nämlich im Streichen unschlagbar!«

»Das heißt, du hilfst mir? Mensch, Natalie, das ist ja super!«

Silvia strahlt mich an. Ich glaube, wir sind wirklich Freundinnen.

*

In den kommenden Monaten sehen wir uns häufig. Ich bin gern bei ihr, und ich glaube, umgekehrt ist es genauso. Denn Silvia blüht sichtbar auf, gewinnt von Tag zu Tag ihre alte Fröhlichkeit zurück. In der Firma bekommt sie zwar keinen Fuß mehr in die Tür, aber es scheint sie nicht mehr so zu deprimieren wie am Anfang. Sie erkennt ihre Grenzen, akzeptiert ihre Angst und arrangiert sich damit. »Es wird sich fügen«, sagt sie nun häufig, und das zeigt, dass sie bereit ist, nach vorn zu schauen.

Um etwas zu tun zu haben, eröffnet sie kurzerhand einen Onlineshop. Silvia hat Geschmack, kauft auf Flohmärkten und bei Geschäftsauflösungen schicke Teilchen und bietet sie im Netz an. Es macht ihr Spaß, sie hat bald viele Kontakte und verdient wenigstens etwas Geld.

Ich verstehe mich auch mit ihrer Tochter Nicole, dem Schwiegersohn und den vier Enkeln gut. Es ist eine rundherum sympathische Familie, die mich mit offenen Armen aufnimmt.

Silvia besucht mich aber auch häufig in meiner Wohnung. Wir kochen dann zusammen, gehen gemeinsam spazieren und reden. Meistens über unsere Fortschritte bei der Bekämpfung unserer Ängste und über neue Therapien, aber auch über das Leben an sich, das wir mit Freude meisten wollen.

Silvia ist ein Glücksfall in meinem Leben.

*

»Was ist los?« Silvia sieht sofort, dass etwas nicht stimmt, als ich bei ihr vor der Tür stehe. »Komm rein, ich mache uns einen Tee.«

Ich warte nicht, bis wir es uns gemütlich gemacht haben, sondern platze sofort mit meiner neuen Schreckensnachricht heraus.

»Ich muss ausziehen. Das Lokal, über dem ich wohne, schließt, und die Besitzerin hat das Haus verkauft. Silvia, seit fünf Jahren ist das mein Zuhause. Ich will nicht weg.«

Unruhig zupple ich am Reißverschluss meiner Jeansjacke, spreche dabei aber unablässig weiter.

»Ich weiß nicht, ob ich so schnell eine neue Wohnung finde. Silvia, das ist alles nur furchtbar! Was soll ich bloß machen?«

»Natalie, nun bleib erst mal ganz ruhig«, sagt Silvia beschwichtigend. »Das Leben ist immer auch Wandel. Du bist jung. Komm, setz dich. Ich habe vielleicht eine Lösung … Aber vorher gibt es etwas zur Stärkung.«

Als der dampfende Tee vor mir steht und Silvia noch leckere Kekse dazulegt, fühle ich mich auch gleich wirklich etwas entspannter.

»Musst du denn in dem Ort bleiben, wo du jetzt wohnst?«, will sie wissen.

»Nein, das nicht, aber zumindest in der Nähe. Ich bin ja nach wie vor in Behandlung und möchte die Klinik nicht wechseln.«

»Was hältst du denn von meiner Nachbarschaft?«

»Ja klar, das wäre auch gut, aber da finde ich doch noch weniger etwas Bezahlbares!«

»Ich habe was Günstiges im Angebot«, meint sie und blinzelt mir schelmisch zu. »Aber Spaß beiseite, was hältst du davon, wenn du zu mir ziehst? Die Wohnung ist für mich allein doch viel zu groß. Überleg es dir, ich würde mich freuen!«

Überlegen? Ich bin baff und könnte vor Freude gleich anfangen zu heulen. Silvia ist in den letzten Wochen zu meiner besten Freundin und engsten Vertrauten geworden. Ich verstehe mich prima mit ihrer Familie. Ich wohne grundsätzlich nicht gern allein und würde zu gern zu ihr ziehen. Was muss ich da überlegen?

»Meinst du das ernst?«, frage ich ungläubig. »Ich meine, bist du dir ganz sicher?«

Silvia beißt in einen Keks und sieht mich unbekümmert an. »Ganz sicher. Deine Kündigung kommt gerade richtig. Ich hätte mir sonst auch etwas überlegt. Für mich allein ist die Wohnung ein bisschen zu groß.«

»Das sagst du doch jetzt nur so. Sie war dir doch bisher nie zu groß!«

»Ist das wichtig?« Silvia lächelt.

Mit einem Satz springe ich auf und falle ihr um den Hals.

»So gern … Ich bin so froh«, stammle ich überglücklich und drücke ihr einen Kuss auf die Wange. »Wenn du mich und meine Macken erträgst, bin ich dabei.«

»Und du meine …«, kontert Silvia. »Das wird für dich auch noch eine Herausforderung.«

»Papperlapapp, du bist der verträglichste Mensch, den ich kenne.«

»Du kennst nicht viele!«

»Ach, Silvia, bleib einfach, wie du bist. Für mich bist du ein großartiger Mensch, auch 24 Stunden am Tag und 365 Tage im Jahr.«

Und schon wenige Tage später stelle ich meine ersten Sachen in ein wunderbar hellgelb gestrichenes Zimmer mit Blick ins Grüne.

Silvia behält ihr Schlafzimmer, dazu teilen wir uns Bad und Küche und einen gemeinsamen Wohnraum. Die Miete ist günstig. Ich übernehme künftig die Hälfte, und Silvia freut sich, etwas »Klimpergeld« zu haben, wie sie lachend meint. Wir haben also eine Win-win-Situation und feiern den Start in unser WG-Leben mit einer Einweihungsparty mit Sekt und selbst gemachter Pizza.

Aber unser Miteinander bleibt natürlich nicht so romantisch verklärt. Es rumst gleich anfangs schon mächtig. Silvia spielt sich manchmal auf wie eine Mama und meint, mich erziehen zu müssen: »Die Zwiebeln müssen im Schrank liegen« oder »Das Bad muss man mit dem Reiniger säubern« oder »Falte den Lappen doch mal so herum« … Ich mag nicht, wenn mir jemand sagt, was ich zu tun habe, und bei Silvia wirkt es manchmal auch wirklich albern.

Leider fehlt mir die ruhige Art, etwas auszudiskutieren. Ich poltere immer gleich los, und das nicht zu leise. Ich knalle auch Türen und werfe mit Gegenständen. Aber Silvia reagiert darauf ganz anders als die Menschen bisher. Sie lässt mich toben und schreien, trampeln und randalieren und wartet einfach, bis mein Anfall vorüber ist. Dann fragt sie mich fast schon wie eine Therapeutin, lächelnd und leise: »Was hat dich denn gerade so aus der Fassung gebracht, Natalie?«

Die Art, wie sie das sagt, müsste mich eigentlich noch mehr provozieren. Tut es aber nicht. Merkwürdigerweise spreche ich dann ganz ruhig mit ihr, und Silvia antwortet genauso ruhig. Sie sagt, dass ihr das leidtue, und fragt, wie ich mir denn eine Lösung vorstellen würde, damit wir künftig problemlos miteinander leben könnten.

Und dann bekomme ich die Chance, gehört zu werden. Zum ersten Mal in meinem Leben kann ich etwas mitbestimmen. Silvia verfügt nicht über mich wie meine Eltern, die Betreuer im Kinderheim, die Aufsichtspersonen und all die anderen Menschen, die sich bislang um mich »gekümmert« haben. Bei ihr darf ich sagen, welche Vorstellungen ich habe, und sie hört zu. Ich bin gleichberechtigt und darf unser gemeinsames Leben mitgestalten. Das ist für mich ein Meilenstein in meiner Entwicklung, und ich ergreife die Chance und rebelliere nicht mehr um des Protestes willen, sondern nehme mein Leben endlich selbst in die Hand.

Es ist eine wunderbare Erfahrung, die mich wachsen lässt. Ich kann mich entfalten, das macht mich innerlich zufrieden und ausgeglichen und – ganz wichtig –, es berührt mein Herz.

Wie intensiv, das erfahre ich wenige Wochen später. Denn wir feiern Weihnachten, mit einem Baum, gutem Essen und allem Drum und Dran. Davon habe ich meine ganze Kindheit über geträumt. Ich hatte immer ein Bild im Kopf von einem Baum, an dem Kerzen leuchten und bunte Kugeln hängen. Darunter liegen liebevoll eingepackte und beschriftete Pakete. Jetzt ist es so weit. Ich habe endlich eine Familie!

*

»Woran denkst du denn immer, wenn die Angst kommt?«, will Silvia wissen.

Es ist ein ruhiger Herbstabend, und wir beiden Frauen haben es uns auf unserem grauen Ecksofa bequem gemacht. Auf dem kleinen Beistelltischchen steht gegrilltes Gemüse, das Silvia mit Gewürzen angemacht hat. Wir essen sehr gesund, kochen abends gemeinsam und naschen unsere Leckereien bei langen Gesprächen. Oft geht es um das Thema Angst. Auch das ist gut an unserem Zusammenleben: Wir therapieren uns gegenseitig.

Silvia war gerade erst wieder sechs Monate in Behandlung, dieses Mal in Frankfurt. Denn auch ihr Wiedereinstiegsprogramm in einen Job ist kläglich gescheitert. Körper und Seele haben schon gestreikt, wenn sie nur auf das Firmengelände fuhr, und sie hat danach noch heftigere Angstattacken bekommen. Ihr Arzt hat sie daraufhin gleich wieder in eine Kur geschickt. Ob es dieses Mal etwas geholfen hat, wird man sehen. Im Moment traut sie sich den Job überhaupt nicht mehr zu. Sie fühlt sich ansonsten stabil, schützt sich jedoch auch, indem sie nur noch wenig aus dem Haus geht. In unserer Wohnung fühlt sie sich am sichersten.

Mir geht es genauso, auch ich bin am liebsten zu Hause. Aber ich bin nicht krankgeschrieben wie Silvia und zwinge mich, weiter als Ein-Euro-Jobberin in einen Blumenladen zu gehen, meiner aktuellen Stelle. Dazu bin ich täglich in der ambulanten Therapie und habe für Notfälle die nette Frau Hirmer.

Ich bin eigentlich gut versorgt, aber die Angst bestimmt auch weiterhin mein Leben. Ich quäle mich, wenn ich vor die Tür muss, und fühle mich nur sicher, wenn Silvia dabei ist. Irgendwie ist das kurios. Wir sind zwei Ertrinkende, die sich heftig aneinanderklammern und denen es vielleicht nur so gelingt, den Kopf über Wasser zu halten.

Unsere regelmäßigen abendlichen Gespräche mit unserer selbst gezimmerten Küchenpsychologie helfen uns enorm dabei. Wir erzählen uns von den Therapien, den Tipps und Kniffen, die wir dort gelernt haben, und packen ehrlich aus, wie wir damit zurechtkommen.

»Es können ganz unterschiedliche Auslöser sein«, antworte ich Silvia. »Ich kann aber mittlerweile erkennen, welche das sind.«

»Und?«

»Der Geruch von Rohbauten zum Beispiel. Wir waren als Kinder oft eingeschlossen, die Wände unserer Zimmer waren im Rohputz, also ohne Tapeten. Ich habe stundenlang darauf gesehen. Der Geruch hat sich tief in meine Erinnerung gebrannt, und wenn ich an einer Baustelle vorbeikomme, tanzen die Bilder von damals in meinem Kopf herum. Ich musste viele Stunden dort ausharren mit diesem Geruch, das vergisst man nie.«

»Und was fühlst du dann?«

»Angst, Silvia, nackte Angst. Ich habe oft so fest mit den Händen gegen diese Wände getrommelt, dass meine Haut abgeschürft war und die Hände geblutet haben. Ich habe doch immer diese grausige Enge gespürt und wollte raus. Eingesperrt sein, das ist bis heute das absolute Grauen für mich, kombiniert mit dem Geruch von unverputzten Wänden zieht es mir den Boden unter den Füßen weg.«

»Und hast du noch mehr, was diese Angst auslöst?«

Ich muss nicht lange überlegen.

»Es ist eigentlich alles, was mit dem Eingesperrt-Sein zusammenhängt. Ich kann es nicht haben, wenn ich ausgeliefert bin. Das triggert mich, und schon geht die Angst los. Wie sich das anfühlt, weißt du ja …«

Silvia steckt sich ein Stück gebratene Zucchini in den Mund. Sie ist eine wunderbare Köchin, und ich habe gerade in puncto Gewürze sehr viel von ihr gelernt. Sie nutzt viele orientalische Kräuter und alles, was sie zubereitet, hat einen ganz feinen Geschmack.

»Oh ja«, nickt sie. »Das ist wie eine immer wiederkehrende Melodie, wenn die Schallplatte einen Sprung hat. Atemnot, Herzstolpern, Schwindel, Übelkeit, und das gottverdammte Gedankenkarussell setzt sich in Gang. Bei mir kommt es durch Stresssituationen, bei dir durch das Gefühl von Enge. Wir haben ja gelernt, dass unterschiedliche Triggerpunkte ursächlich sind.«

»Ja, weißt du noch, dass diese junge Frau mit dem blonden Pagenkopf, sie hieß glaube ich Angelika, immer Angstattacken bekam, wenn sie Rosenduft wahrnahm …«

»Ja stimmt, sie war als Kind missbraucht worden. Von ihrem Opa in der Gartenhütte, an der Rosen rankten.«

»Kein Wunder, dass der Duft sie triggert. Aber zumindest haben wir gelernt, was uns helfen kann.«

»Weißt du, was mein Therapeut gestern erzählt hat?« Silvia prustet los. »Ich fand das so lustig, dass ich wirklich lachen musste. Aber ich habe es versucht, und es hilft wirklich.«

»Nun spann mich nicht auf die Folter. Sollen wir uns wieder Gummibänder ganz eng ums Handgelenk binden, damit uns der Schmerz auf andere Gedanken bringt?«

»Das Thema Schmerz gefällt mir ja nicht. Ich bin froh, dass du das Ritzen lässt. Also das Gummiband möchte ich nicht, zumindest nicht für dich.«

»Mensch, Silvia, du sollst dir doch nicht den Arm abbinden und warten, bis er blau wird und abstirbt. Du sollst nur das Gummiband etwas fester zurren. Das hat aber mit Schmerz nicht viel zu tun. Es geht mehr darum, dass du aufschreckst und aus deinen verhängnisvollen Gedanken gerissen wirst.«

»Ich weiß doch, aber hör mal zu, was mir Dr. Herberts heute gesagt hat …«

Silvia stellt ihren Gemüseteller ab und setzt sich besonders aufrecht hin. »Also, du stellst dir ein Stoppschild auf, so eins, wie du es tausendfach an unseren Straßen findest. Du stellst es dir genau vor, und dann nimmst du deine bekloppten Gedanken, legst sie symbolisch in einen Tresor, knallst mit einem Ruck die schwere Safetür zu, verschließt das super knifflige Sicherheitsschloss und baust das Stoppschild davor auf, gedanklich natürlich.«

»Ach, das ist aber ein umfangreiches Programm, das dir dein Dr. Herberts empfohlen hat«, kichere ich. »Klappt es denn damit?«

»Ich habe es noch nicht versucht.«

»Wir haben schon so viele Tricks ausprobiert … Aber richtig geholfen hat eigentlich nichts«, antworte ich nachdenklich.

»Leider stimmt das«, meint Silvia. »Aber was sollen wir denn machen? Aufgeben gibt's nicht.«

»Dann sind wir eben wieder bei Zahlenreihen, Wortketten, Rechenaufgaben, dem Rückwarts-Buchstabieren …«

»Stimmt. Warst du eigentlich schon mal wieder mit deiner Therapeutin unterwegs?«

»Meinst du im Zug?«

»Ja, genau, das letzte Mal schienst du richtig begeistert.«

»Ich bin jedes Mal begeistert. Das bringt auch wirklich viel. Wenn jemand dabei ist, dir sagt, dass du ruhig atmen sollst und nichts passieren kann, das hilft schon.«

»Ja, meine Autofahrt war auch richtig gut. Ich denke, man muss auch wirklich geduldig sein. Das haben alle Patienten in der Klinik gesagt.«

»Noch geduldiger als ich? Du weißt doch, dass ich mit 14 zum ersten Mal in der Klinik war.«

»Ja, aber du bist doch nicht richtig behandelt worden.«

»Aber jetzt werde ich schon jahrelang behandelt. Meine Güte, Silvia, überleg mal, was ich schon alles versucht habe.«

»Aber du hast auch Fortschritte gemacht. Denk bitte daran, wie lange deine letzte schwere Attacke zurückliegt, bestimmt schon einen Monat.«

»Ja, aber auch, weil ich mögliche Triggerpunkte vermeide, so gut es geht. Ich mache doch um alles einen großen Bogen. Normal leben kann man das nicht nennen.«

»Es gibt noch etwas gegen Angstattacken: mit einer Wärmflasche ins Bett gehen und ein leichtes Buch lesen«, schlägt Silvia dann vor und lacht mich an.

Ich muss nicht lange überlegen.

»Die Therapie gefällt mir«, antworte ich wie aus der Pistole geschossen, liege schon kurze Zeit später im Bett und schlummere nach ein paar Seiten Lektüre selig weg.

Silvia tut mir so richtig gut.

KAPITEL 7

Silvia steht in der Küche und brüht sich einen Kaffee auf, als sie mir mit bebender Stimme die Schreckensnachricht mitteilt: »Es sieht nicht gut aus. Die Ärzte geben mir maximal ein Jahr!«

In den letzten Wochen hat sie häufig über schlimme Schmerzen in den Beinen geklagt. Die Beschwerden kamen ganz unerwartet, denn eigentlich ging es bei ihr gerade richtig bergauf. Die Ängste hatten sich deutlich gelegt. Sie konnte sogar etwas arbeiten. Nicht in ihrem alten Beruf, aber wenigstens stundenweise als Servicekraft in einer Gaststätte. Wir haben beide die Schmerzen auf das ungewohnt lange Stehen geschoben. Doch irgendwann wurde es so schlimm, dass sie es nicht mehr ausgehalten hat und zum Arzt gegangen ist.

Man hat alles Mögliche untersucht und nichts entdecken können. Schließlich hatte man die Lunge im Visier, und beim Röntgen wurde eine »Auffälligkeit« gefunden, später eine Gewebeprobe entnommen. Heute wollte man ihr das Ergebnis mitteilen. Ich war die ganze Zeit unruhig, habe mir alles Mögliche vorgestellt. Aber dass es so schlimm sein könnte, nein, daran habe ich nicht gedacht.

Silvia sieht mich mit leeren Augen an, und ich finde keine Worte für diese Situation.

Seit vier Jahren leben wir nun schon zusammen, und dies ist das erste Mal, dass sich jemand als Konstante in meinem Leben entpuppte. Silvia ist der Mensch, der mich aufgenommen und akzeptiert hat, so wie ich bin, noch nie war jemand so lange für mich da – und noch nie war mir jemand auch auf so liebevolle Weise zugewandt.

Wenn ihr etwas passiert, will ich auch nicht mehr leben!

Eigentlich möchte ich deshalb schreien, weinen, zusammenbrechen. Aber ich bleibe ganz ruhig. Es geht jetzt nicht um mich.

»Was ist es?«, frage ich und suche geschockt Halt, indem ich mich auf einen Küchenstuhl setze. Ich hoffe, dass meine Stimme nicht zu angegriffen klingt.

»Ich habe einen aggressiven Lungentumor, und die Chance auf Heilung ist gering.«

Silvia hält ihre Teetasse in der Hand und sieht seltsam ruhig aus. Sie kann das Grauen selbst nicht fassen und steht ganz offenbar unter Schock.

Ganz besonnen spricht sie weiter. »Ich muss schon in drei Tagen in die Klinik. Dort bekomme ich sofort eine Chemotherapie und später Bestrahlung.« Sie erzählt das so gleichgültig, so gefühllos, als ginge sie das alles gar nichts an.

Aber während sie das sagt, laufen ihr die Tränen über das Gesicht, und mit einem hilfesuchenden Blick meint sie: »Ich habe so eine schlimme Angst, mal wieder, aber dieses Mal fühlt sie sich ganz anders an.«

Ich nehme Silvia in den Arm, und dann stehen wir mitten in der Küche und halten uns fest und weinen bitterlich. Ich fühle mich einmal mehr wie an einer Abrisskante. Aber ich will nicht heulen und mich wehrlos in mein Schicksal fügen.

Ich will endlich etwas ändern im Leben. Ich will kämpfen und für Silvia da sein.

Entschlossen atme ich tief durch und wische mir die Tränen weg.

»Du hast immer gesagt ›Aufgeben, gibt's nicht‹«, sage ich. »Dann geben wir jetzt auch nicht auf. Wir kämpfen!«

Ich sehe Silvia an.

»Hörst du, wir packen das.«

Silvia sieht mich an, aber sie sagt kein Wort.

*

Die kommenden Wochen sind ein einziger Taumel. Aber Silvia ist erstaunlich tapfer. Sie wächst Tag für Tag an der größten Krise ihres Lebens und kann schon rasch wieder lachen. Sie versucht alles mit einer irgendwie möglichen Leichtigkeit zu stemmen, zeigt sogar im Alltag eine riesengroße Portion Humor und wird, nachdem sie den Anfangsschrecken verwunden hat, wieder ganz die Alte.

Sie tröstet ihre Tochter, wenn sie weint, beruhigt die Enkelkinder, wenn sie fragen. Und was sie an eigener Kraft nicht aufbringen kann, gebe ich ihr. Als ihr büschelweise die Haare ausfallen, macht sie ein Happening daraus und nimmt mich mit zu ihrem Friseur, um sich den Kopf glatt rasieren zu lassen. Den Perückenkauf verbinden wir mit einer Tasse Kaffee in unserer Lieblingseisdiele, und abends lachen wir uns krumm, während wir mit dem edlen Kunsthaar neue Frisuren ausprobieren.

»Die Sache ist schon ernst genug, man kann ihr nur mit Lachen begegnen«, sagt Silvia, und ich bewundere sie für ihre

Haltung. Ich weiß nicht, wie ihr das gelingt, deshalb beobachte ich sie viel, sauge auf, wie sie sich verhält, weil ich mir ihre Stärke abgucken möchte.

Ich gehe auch auf sie ein, rede, wenn sie reden möchte, albere mit ihr herum, wenn ihr danach ist. Ich mache scheinbar locker und gut gelaunt alles mit, was ihr guttut – aber tief in mir drin sieht es ganz anders aus. Nachts komme ich nicht zur Ruhe, sehe fern, lese, weine. Silvia dagegen hat einen entspannten Schlaf. Wenn ich noch mal ins Bad gehe, höre ich sie nebenan friedlich atmen. Diese Frau ist ein Phänomen, dabei schenkt ihr das Schicksal nichts.

Als die Chemo vorbei ist und wir beide denken, das Schlimmste geschafft zu haben, geht es erst richtig los. Die Bestrahlung wird zur Folter. Am Oberkörper ist Silvias Haut nahezu schwarz. Sie weint vor Schmerzen, wochenlang. Ich versuche alles, um ihre Qualen zu lindern, creme ihre Wunden ein, mache Verbände, koche ihr Lieblingsessen, auch wenn sie nur mit Mühe einzelne Bissen hinunterwürgen kann.

Ich halte ihre Hand, wenn sie vor Schmerzen wimmert, und trockne ihre Tränen, wenn sie völlig erschöpft einschläft. Und so wund wie ihre Haut ist meine Seele.

Ich schmiere innerlich ab, aus lauter Angst, dass Silvia es nicht schafft. Die niederschmetternde Prognose, ihr von der Krankheit gezeichnetes Aussehen, die gequälte Stimme. Ich möchte aufgeben, aber was ich möchte, ist jetzt unwichtig. Es geht um Silvia.

Wenn ich von der Arbeit komme und sie auf dem Sofa vor sich hin dämmern sehe, erschrecke ich mich jedes Mal und denke manchmal wirklich, dass sie nicht mehr lebt. Diese große stolze Frau ist ein blasses Häufchen Elend, das mich aber damit beeindruckt, dass es mir immer noch in manchen Momenten schelmisch zuzwinkert und damit deutlich macht: Ich bin noch da und denke gar nicht daran aufzugeben, auch wenn ich nur noch mit einem winzigen Bruchteil meiner Kraft dem Schicksal vor das Schienbein treten kann.

Vielleicht ist es ihr unerschütterlicher Humor, vielleicht auch ein bisschen meine Pflege und Fürsorge, aber auf jeden Fall das ganz große Glück, denn nach sechs Monaten werden wir belohnt.

Silvias Freudenschrei hallt durchs ganze Treppenhaus. Ich stehe gerade in der Küche, als sie wie ein Schulkind die Stufen hocheilt und danach durch die Wohnung hüpft.

Ich weiß, dass heute früh der Arzttermin war, und als ich sie lachen und tanzen sehe, weiß ich, dass unser Kampf erfolgreich war.

»Der Krebs ist weg. Wir haben diesen Mistkerl besiegt!«, ruft sie und nimmt mich dann fest in den Arm.

»Hörst du, Natalie, du wirst mich nicht los!«

Und dann liegen wir uns in den Armen, selig, fröhlich, und wieder weinen wir beide im Gleichtakt. Aber nicht wie vor ein paar Monaten schockiert und verzweifelt. Nein, nun ausgelassen und erleichtert. Unser gemeinsames Drehbuch des Lebens geht weiter.

*

»Sieh mal, wie findest du den?«

Wir sind gerade dabei, uns einen frischen Salat anzurichten, als Silvia mir ihr Handy unter die Nase hält.

»Hey, ich kann doch nicht alles gleichzeitig machen«, sage

ich, wische mir die Hände an einem Tuch ab und nehme ihr das Handy aus der Hand. Auf dem Display ist ein kleines weißes Knäuel zu sehen, aus dem zwei tiefbraune Kugelaugen leuchten.

»Was ist denn das für ein süßer Fiffi?«

»Ein Malteser-Shih-Tzu-Mischling! Es gibt einen Wurf in der Nähe. Sind die nicht süß?«

Ich setze mich erst einmal auf den Küchenstuhl und scrolle durch die Fotos.

»Süß ist gar kein Ausdruck. Die sind mega!«

»Was hältst du davon, wenn wir uns einen Hund zulegen?«

»Mensch, Silvia, klar, du weißt doch, wie sehr ich Tiere liebe …«

»Ja, aber du weißt auch, dass ich manchmal nicht gern auf die Straße gehe. Bislang kam ein Hund deshalb nicht infrage. Aber meinst du nicht, dass wir das gemeinsam schaffen können?«

Ich verstehe Silvias Sorge. Wir haben häufig beide zeitgleich Angstattacken, und in solchen Situationen wollen wir auch beide nichts weniger, als auf die Straße zu müssen. Aber ein kleiner Hund interessiert sich nicht für unsere Ängste. Der will laufen, Pipi machen, toben.

»Meinst du, wir beide packen das?«

»Lass uns das noch mal in Ruhe überlegen. Das Tier darf unter unseren Ängsten nicht leiden.«

»Genau deshalb frage ich dich ja. Aber vielleicht wird er auch unser neuer Therapeut. Wir müssen raus, und das kann uns beiden einen neuen Ansporn geben.«

Ich sehe mir noch einmal die Fotos an. Die Hunde sind zu niedlich, und Silvia könnte so ein weißes »Trostpflaster« wirklich gebrauchen.

»Morgen ist Karfreitag. Lass uns doch mal zum Züchter fahren, ganz unverbindlich«, schlage ich vor, und Silvia schnappt sich sofort das Handy aus meiner Hand.

»Prima Idee! Das wollte ich hören.«

Wir fahren dann zu zweit los und kommen zu dritt wieder. Das unverbindliche »Ansehen« endet mit einem unterschriebenen Kaufvertrag, und als wir abends nach Hause kommen, sind wir stolze Eltern eines acht Wochen alten Maltesers, den wir wenig später Brezel taufen, weil sich Silvias Enkeltochter den Namen ausgedacht hat.

Brezel ist vom ersten Tag an unser kleiner Sonnenschein. Der freche Kerl lenkt uns von falschen Gedanken ab und zwingt uns, regelmäßig und ohne Rücksicht auf unsere Befindlichkeiten das Haus zu verlassen.

Damit wir die Angst unter Kontrolle halten, gehen wir meistens zusammen hinaus. Die Spaziergänge tun uns gut. Wir bekommen frische Luft und reichlich Bewegung und lernen auch neue Leute kennen. An den Wochenenden fahren wir hinaus in die Natur, wandern entlang der Nidder, erkunden das Naturschutzgebiet »Im alten See« und genießen die schönsten Wälder.

Brezel ist der beste Therapeut, den wir je hatten.

*

»Es ist ganz leicht, ihr zuckt vorsichtig an der Leine, und wechselt dann die Richtung. Ich mach euch das mal vor.«

Marion Terhaar, so heißt unsere Hundetrainerin, geht gerade mit einem supersüßen Labrador an uns vorbei und zeigt anschaulich, wie man ihn leinengängig führt.

Marion trainiert nicht nur Hunde, sie besitzt auch eine Hundezucht, und wir sind heute zu dritt in ihrem »Hundezentrum Dinkelblick«, einer wunderschönen Anlage mitten im Münsterland. Der Name kommt vom Flüsschen Dinkel, das sich gleich hinter ihrer Anlage durch die Landschaft schlängelt.

Im Moment ist auf einer Auslaufwiese ihr »Welpengarten« geöffnet. Zweimal in der Woche dürfen hier die blutjungen Vierbeiner mit ihren Artgenossen spielen, sollen aber gleichzeitig auch etwas lernen.

»So, jetzt nehmt euren Vierbeiner an die kurze Leine, ja, richtig, schön geradeaus gehen und – Halt –, Silvia, auf keinen Fall stehen bleiben.«

Es ist Mittwochabend, und mit uns sind noch sechs weitere Hunde und ihr »Anhang« dabei.

Marion, eine hübsche, sehr schlanke Frau Anfang 50 mit blondem Lockenbob, spricht klar und direkt, ist dabei aber ausgesprochen freundlich zu uns Menschen und scheint einen direkten Draht zu Hunden zu haben, denn Brezel benimmt sich in ihrer Nähe wie ein Musterschüler. Er geht rasch bei Fuß, legt sich mit keinem der anderen Hunde an und reagiert auf »Sitz« und »Platz«.

»Er ist bestimmt hochbegabt«, spöttle ich, weil sich Silvia immer so freut, wenn Brezel alles richtig macht.

Während sie noch weiter mit ihrem Liebling übt, spreche ich Marion an. Sie ist mir sympathisch, und ich nutze die Gelegenheit, von ihr mehr über Hunde zu erfahren. Sie züchtet überwiegend Rhodesian Ridgebacks, eine südafrikanische Hunderasse, sowie Labradoodles und Goldendoodles, jene beliebten Kreuzungen, die besonders als Familienhunde geschätzt werden.

»Komm doch kurz mit. Dann zeige ich dir meine Anlage«, meint Marion. »Der Unterricht ist vorbei. Im Moment ist nur noch Spielstunde, und ich werde vorläufig nicht mehr gebraucht.«

»Dinkelblick« ist ein Traum. Auf dem großzügigen Gelände gibt es ein Hundehaus und diverse Ausläufe. Marion scheint in ihrer Hundezucht aufzugehen, denn sie erzählt engagiert und liebevoll von ihren Tieren.

»Komm mal rüber, aber sei bitte leise!«, meint sie dann und winkt mich mit einer Hand zu sich. Und so stehen wir nach wenigen Schritten vor einer Wurfbox, in der jede Menge rehbraune Hundebabys herumtapsen.

»Mein jüngster Wurf, zehn Ridgebacks, und einer niedlicher als der andere«, sagt sie stolz.

»Huch, die sind ja zuckersüß«, flüstere ich gerührt und hocke mich neben die Hundebabys, um sie in Ruhe zu beobachten.

Marion zieht uns zwei Hocker heran.

»Setz dich doch bitte. Wenn du magst, hole ich uns einen Kaffee.«

»Und wie ich das mag«, antworte ich, und dann sitzen wir zu zweit vor der Box und sehen dem niedlichen Treiben der Hundemeute zu.

Marion erzählt von sich. Eigentlich sei sie Mediengestalterin, habe aber schon immer ein riesengroßes Herz für Hunde besessen. Als ihr Arbeitgeber das Unternehmen schließen musste, hat sie sich ihren großen Traum erfüllt und eine Hundeschule eröffnet. Vor elf Jahren kaufte sie das Anwesen, damals noch mit ihrem Partner. Dann ging die Beziehung in die Brüche, und Marion hat von da an allein weitergemacht. Mit großem Erfolg.

»Ich habe Anfragen aus der ganzen Bundesrepublik«, erzählt sie.

»Was machst du denn anders als die anderen?«, möchte ich wissen.

Marion gefällt es, dass ich nachfrage, denn sie berichtet mit sichtbarer Begeisterung von ihrem Konzept: Sie gebe ihre Welpen nicht wie üblich mit acht Wochen ab, sondern lasse sie einen Monat länger bei der Mutter. »So werden sie viel besser sozialisiert und sind später ausgeglichene, angenehme Tiere.«

»Das leuchtet mir ein. Warum machen das denn andere nicht?«

»Der Grund ist naheliegend: Das kostet mehr. Ich versorge die Tiere ja länger und habe deshalb auch mehr Kosten. Aber ich mache meine Arbeit nicht zuletzt, weil ich Tiere liebe. Ich investiere gern, wenn es meinen Hunden dadurch besser geht.«

»Hier, sieh mal, das kleine Mädchen. Das ist die frechste von allen«, unterbreche ich Marion und zeige auf einen kleinen Welpen mit niedlichem Schlappohr. »Und die Schwester ist besonders unternehmungslustig.«

Marion geht sofort auf meine Bemerkung ein.

»Es ist wie bei uns Menschen. Jeder Hund ist anders. Es sind alles Individuen.«

»Aber der Kleine hier, der hat wenig zu lachen. Sieh doch mal, der hockt ja nur in der Ecke.«

»Ja, ich weiß, das stimmt. Er ist ein bisschen mein Sorgenkind. Ich hatte anfangs Sorge, ob er überhaupt durchkommt.«

Marion beugt sich über die Box und versucht, den Kleinen

heranzulocken. Aber statt wie die anderen fröhlich zu ihr zu tapsen, verkriecht er sich noch weiter nach hinten und möchte vor lauter Angst am liebsten hinter der Holzwand verschwinden.

»Ich bin die ersten Nächte mehrmals aufgestanden und habe nach ihm gesehen. Er war wirklich mein Sorgenkind, viel zu klein und viel zu hilflos, und er konnte sich von Anfang an nicht gegen seine Geschwister durchsetzen, wenn es ums Futtern ging.«

»Das ist ja bis heute so geblieben«, antworte ich, und leise füge ich hinzu: »Er ist genauso ängstlich wie ich.«

Ich räuspere mich und sehe Marion ein bisschen verlegen an: »Aber eines würde mich interessieren. Kann man aus einem ängstlichen Hund noch einen taffen machen?«

»Ja klar, das ist alles eine Frage der Sozialisation. Wenn er mit den richtigen Kumpels zusammen ist, kann er sich noch prächtig entwickeln.«

»Und wenn ihn die Mutter immer weiter unterdrückt?«

Marion sieht mich jetzt nachdenklich an. »Das ist eine gute Frage. Ich habe solche Fälle schon einige Mal gehabt. Die ersten Wochen sind wirklich wichtig. Wenn da alles schiefläuft, muss man schnell gegensteuern. Aber es geht. Wichtig ist, dass man von Beginn an hinsieht, was mit den Kleinen passiert.«

Ich denke an das Gespräch mit meinem Therapeuten. Kinder, die in der Jugend emotional vernachlässigt worden sind, kommen später mit starken Emotionen nicht mehr gut zurecht, sind unkontrolliert und oft auch aggressiv. Sie haben ein niedriges Selbstwertgefühl und Schwierigkeiten in Beziehungen.

»Das heißt, die Welpenzeit macht den großen Unterschied aus? Wenn da alles schiefläuft, man von seinen Geschwistern oder auch anderen Hunden immer bedrängt, drangsaliert und geärgert wird, ist man später ein Problemfall«, führe ich jetzt aus.

Marion hört genau zu und lacht. »Du bist ja eine richtige Psychologin«, nimmt sie mich amüsiert auf den Arm. »Jetzt lass mal deine Studien, hier, genieß lieber noch einen Kaffee.«

Marion schenkt mir nach und stellt mir auch eine Packung Kekse dazu.

»Was machst du denn so? Von dir weiß ich noch gar nichts …«

Und da erzähle ich aus meinem Leben und mache auch keinen Hehl aus meinen Schwierigkeiten – und auch nicht daraus, dass ich schon viele Jahre in Behandlung bin.

Marion ist ganz betreten, als sie von meinem Schicksal erfährt.

»Jetzt verstehe ich auch deine Fragen«, meint sie. »Das tut mir leid, dass du so viel Mist erleben musstest. Umso besser, dass es dir jetzt trotz allem so gut geht. Denn du wirkst sehr gelöst und entspannt.«

Ich nicke, mehr Details muss jemand, den ich gerade mal eine Stunde kenne, auch nicht wissen.

Später schüttet mir dann aber auch Marion ihr Herz aus: Sie hat gerade eine herbe Enttäuschung verkraften müssen, denn ihre Mitarbeiterin, der sie zu 100 Prozent vertraut hat, war nicht nur unzuverlässig, sie hat sie auch ständig belogen. Marion musste sie entlassen.

»Ich habe ihr vertraut und bin schon geknickt. Außerdem packe ich die Arbeit allein kaum.«

Sie steht auf, um nach einer Schippe zu greifen, und säubert schnell die Box.

»Was machst du eigentlich beruflich?«

Marion sieht mich jetzt fragend an.

»Ich arbeite im Moment in einem Second-Hand-Laden!«, antworte ich wahrheitsgemäß. »... Wenn du magst, kann ich dir helfen.«

Marion zögert nur kurz, dann lacht sie mich freundlich an.

»Warum nicht. Das ist eine gute Idee. Du bist tierlieb, und ich finde dich sympathisch. Das passt doch! Natürlich sollst du nicht umsonst arbeiten. Ich bezahle dich, klar.«

Ich mache mir Gedanken, ganz wilde sogar: Gerade habe ich einen Job angeboten bekommen, und dazu noch einen, der mir wirklich Freude machen würde.

In den letzten Jahren habe ich in allen möglichen Branchen gearbeitet. Aber das waren alles Ein-Euro-Jobs, und man hat mich den Arbeitgebern zugeteilt. Die konnten mich nehmen, mussten es aber nicht. Ein wirkliches Mitspracherecht hatte ich nie.

Aber nun ist da jemand, der sich nicht irgendeinen Ein-Euro-Jobber zuteilen lässt, sondern der »Ja« zu mir sagt, jemand, der möchte, dass ich, Natalie, mit ihm zusammenarbeite.

»Und? Was meinst du?«

Ich schäme mich für meine Wortkargheit. Marion muss ja denken, dass ich nicht ganz normal bin. Ich frage sie etwas, sie stimmt zu, und dann starre ich nur abwesend vor mich hin. Aber ich mag ihr nicht sagen, dass es das erste Mal ist, dass mir jemand diese Chance gibt.

»Gern, sehr, sehr gern helfe ich dir! Wann kann ich anfangen? Ich kann gleich morgen kommen. Soll ich?«

»Du kannst eigentlich gleich bleiben«, toppt Marion mein Angebot. »Ich zeige dir alles, was du über Hundepflege und Hundehaltung wissen musst …«

*

Ich lerne täglich Neues. Marion ist wirklich eine Expertin und erklärt gut und umfassend. Innerhalb weniger Tage hat sie mich so gut geschult, dass ich allein arbeiten kann. Ich reinige die Anlage, füttere die Tiere, kümmere mich um die Fellpflege, versorge kleine Wunden und stehe immer wieder im Hundehaus und genieße den Anblick der kleinen Welpen. Sowie die Arbeit geschafft ist, setze ich mich zu den kleinen Babys, streichle sie und spiele mit ihnen.

Aber in erster Linie versuche ich irgendwie Zugang zu meinem kleinen Freund zu bekommen. Der schmächtige Rüde mit dem viel zu dünnen Fell lässt mich nicht los. Ihm gehört meine größte Aufmerksamkeit. Denn er rückt mehr und mehr ins Abseits. Die Mutter scheint sich überhaupt nicht für ihn zu interessieren. Wenn er sich in die Nähe der Zitzen bewegt, um zu trinken, steht sie auf und lässt ihn stehen. Die Geschwisterwelpen lassen sich nicht abschütteln und wackeln der Mutter hinterher, so lange, bis sie sich wieder hinlegt und die Milchbar freigibt. Nicht so mein kleiner Mr. Burns, so taufe ich ihn nach der Simpson-Serie, die ich so gern sehe. Dort gibt es den alten, knochigen Mr. Burns, und mein kleiner Freund erinnert mich irgendwie an ihn.

Wenigstens ich will ihm nun Aufmerksamkeit schenken,

denn ich weiß aus eigener Erfahrung, wie es ist, wenn man nicht gesehen wird.

»Du Blag stehst auch nur im Weg herum. Bist du überhaupt für irgendetwas nutze?« Die Stimme meiner Mutter ist ohrenbetäubend laut.

Ich räume gerade die Küche auf und weiß nicht, warum ich ihr im Wege stehe. Unsicher drücke ich mich an den Küchenschrank und merke schnell, dass das auch falsch ist. »Nun hau hier schon ab. Siehst du nicht, dass ich an den Schrank will?«, pampt sie weiter lautstark und schubst mich an die Seite.

»Ich kenne das, wenn man nur angebrüllt und weggeschubst wird«, sage ich leise und versuche, den Kleinen mit schnipsenden Fingern anzulocken.

»Ach, Natalie, mache dir mal keine Sorgen«, höre ich Marion jetzt. Sie hat mich im Hundehaus entdeckt und steht neben mir. »Der geht auch seinen Weg. Der Kleine packt das schon. Einer ist ein Frühstarter und der andere ein Spätentwickler. Es ist wie im Leben. Die Hunde sind genauso unterschiedlich wie wir Menschen …«

»Das glaube ich, Marion. Aber alle Menschen brauchen Zuwendung, wie die Tiere auch, und der Kleine hier bekommt keine.«

»Ja, das habe ich schon bemerkt. Aber wenn wir darauf achten, dass er genug zu essen bekommt, wird er sich normal entwickeln.«

Ich schüttle den Kopf.

»Das glaube ich nicht«, entgegne ich und wundere mich, dass ich den Mut zum Widerspruch habe. »Weißt du, Essen ist nicht alles. Er braucht auch Liebe und Zuwendung. Genau wie wir Menschen.«

Marion lehnt sich mit den Armen auf das kleine Gatter und sieht mir zu, wie ich mich um Mr. Burns bemühe.

»Was glaubst du denn, wie er sich entwickelt, wenn sich die Mama nicht um ihn kümmert?«, fragt sie mich jetzt.

»Er wird auffällig werden, weil er Aufmerksamkeit sucht. Vielleicht wird er nie stubenrein sein oder aggressiv werden. Er wird irgendetwas machen, damit er gesehen und wahrgenommen wird.«

»Aber dann wird er doch noch weniger geliebt als jetzt?«

»Ja, aber so um die Ecke denkt er nicht. Er hat nur die Idee, im Hier und Jetzt gesehen und beachtet zu werden. Die Zukunft interessiert ihn nicht. Sie ist zu vage, zu weit weg.«

»Du kannst dich aber gut einfühlen, Natalie. Woran liegt das?«

Ich streichle gedankenverloren zwei Schwestern von Mr. Burns, zupfe ihnen liebevoll an den Öhrchen.

»Ich glaube, ich bin auch eine Art Mr. Burns«, sage ich, ohne groß zu überlegen, ob es angemessen ist oder nicht. »Weißt du, ich bin auch nie gesehen worden. Ich weiß, wie es sich anfühlt, wenn man genau für die, die man liebt, nicht existiert.«

Ich schlucke, weil sich in meinem Hals ein Kloß bildet. Aber ich will nicht heulen, ich will reden.

»Weißt du, es fehlt dann das Urvertrauen, und damit ist die prinzipielle Möglichkeit, Beziehungen zu anderen Menschen einzugehen und zu erhalten, eingeschränkt. Das hat Auswirkungen auf vieles im Leben: Es macht unsicher und häufig auch aggressiv. In einer Klinik hat mir der Arzt gesagt, dass die Bindung zwischen Mutter und Kind ein Muster, quasi ein Modell, für alle folgenden Beziehungen sei. Wer eine stabile, liebevolle Beziehung mit der Mutter hat, wird auch später gesunde Beziehungen führen. Wer nicht, so wie ich, wird im späteren Leben mit schwierigen und nicht funktionierenden Beziehungen zu kämpfen haben. Ich bin als Kind und Jugendliche vernachlässigt worden, habe nie Zuwendung und Fürsorge erlebt, und das hat sich verheerend ausgewirkt. Es ist hilfreich, das zu wissen, damit man gegensteuern kann.«

»Und wie?«

Marion hört zu, ganz ruhig und ganz aufmerksam. Sie hat sich zwischenzeitlich auf einen Hocker gesetzt und lässt mich sprechen. Es tut mir gut, dass jemand da ist, der mir diese Beachtung schenkt, und ich bin ihr dankbar für diese wertvolle Zeit.

»Man fühlt sich immer schnell bedroht und zieht sich in sein Schneckenhaus zurück. Aber mit der richtigen Anleitung kann man sich in kleinen, vorsichtigen Schritten an die Normalität herantasten. Ich bin schon so viele Jahre in Therapie und lerne, was mir für meine Entwicklung guttut und was nicht. Sieh doch mal, wie er aussieht. Wie ein getunter Dackel«, versuche ich dann dem Gespräch etwas die Schwere zu nehmen. »Er ist nicht nur viel dunkler als seine Geschwister, er ist auch viel dünner und staksiger.«

»Und bleibt er das deiner Ansicht nach?«

»Gute Frage. Ich denke, er wird wahrscheinlich alles hinunterschlingen, was er findet, und es dann wieder ausbrechen, weil er es später bereut …«

Ich merke, dass bei mir die Tränen laufen und spüre Marions Hand auf meiner Schulter.

»Ich bin gespannt, ob du das Ruder seines Lebens noch herumreißen kannst. Ich lasse euch dann mal allein.«

Ich bleibe noch eine Zeit lang mit den Welpen zusammen, aber ich bin in meiner Welt und weine bitterlich.

»Mach, dass du wegkommst«, donnert mir mein Vater entgegen, und ich schleiche mich in das Kinderzimmer und lege mich auf das kaputte Bett. Der Lattenrost ist schon so lange zerbrochen, wie ich mich zurückerinnern kann. Jenny und ich liegen trotzdem immer zu zweit da drin. Wir haben ja kein anderes Bett.

Wie oft wurde ich mit wütenden Worten fortgejagt, und wie oft habe ich an Jennys Seite in dem kaputten Bett geweint. Und plötzlich ist es da, ein kleines Wollknäuel, das sich ganz langsam auf mich zubewegt: Mr. Burns. Ein, zwei kleine Schrittchen macht er nach vorn, bleibt stehen, schnuppert mit seinem rosa Mininäschen und geht gleich wieder einen Schritt zurück.

Hin und her bewegt er sich auf das Neue, Unbekannte zu, schwankt zwischen Wagen und Kneifen, zwischen Aufstehen und Liegenbleiben. Oh, wie gut ich ihn verstehen kann. Ich bin mucksmäuschenstill, gebe keinen Laut von mir, weil ich Angst habe, den kleinen Kerl zu verschrecken.

Aber ich sehe ihm in die winzigen Kulleraugen, ganz fest. Und mit meinem Blick sage ich ihm: Komm her. Vertraue mir. Ich bin eine genauso verzweifelte Seele wie du.

Doch ich warte vergebens.

*

»Musst du nicht zur Arbeit? Natalie, es ist schon 7.30 Uhr.«

Silvia steht in meinem Zimmer und sieht mich irritiert an.

»Geht es dir nicht gut?«

Ich sitze im Bett und schüttle heftig den Kopf. Ich habe

nicht verschlafen, nein, denn das würde ja bedeuten, dass ich überhaupt geschlafen hätte. Aber ich habe die ganze Nacht kein Auge zubekommen.

Ich hatte Angst, furchtbare Angst. Als ich gestern nach Hause kam, musste ich an einem Rohbau vorbei. Als mir der Geruch in die Nase stieg, war es vorbei. Ich fing auf der Straße an zu zittern, und mein Herz pochte so schnell, dass mir schummerig vor Augen wurde. Ich habe für meinen Heimweg, der normalerweise zehn Minuten dauert, eine gute halbe Stunde gebraucht.

Danach bin ich gleich ins Bett. Silvia hat vermutlich gedacht, dass ich allein sein möchte, und mich deshalb in Ruhe gelassen. Aber das war es nicht. Ich wollte sie nur nicht mit meiner Angst beunruhigen. Sie hat in letzter Zeit genug mitgemacht und braucht ihre Kraft für sich selbst. Ich will keine Belastung für sie sein, auf keinen Fall.

»Natalie, ich sehe doch, was los ist. Komm, wir spielen unser Wortkettenspiel: Handarbeit. Du bist dran. Sag ein Wort mit T, na los!«

»Ich kann nicht«, keuche ich ganz außer Atem. »Ich kriege keine Luft.«

»Doch, kriegst du. Atme ruhig und langsam.«

Silvia ergreift meine Hand, zieht mich hoch.

»Komm, alles wird gut. Du musst keine Angst haben … Solltest du nicht längst bei Marion sein?«

Ich nicke, schnappe dabei nach Luft.

»Ja, klar, schon seit einer halben Stunde. Aber ich kann nicht. Ich komme nicht aus dem Bett.«

Mein Handy surrt. Ich sehe Marions Nummer auf dem Display.

Vor lauter Schreck drücke ich schnell auf den Annehmen-Knopf.

»Sag mal, Natalie. Wo bleibst du denn?«, fragt Marion schon spürbar ungehalten.

»Ich fühle mich nicht gut«, antworte ich wahrheitsgemäß. »Ich kann heute nicht kommen.«

»Du kannst was nicht? Du kannst nicht kommen? Das ist doch nicht dein Ernst.«

Marion ist hörbar sauer.

»Versteh mich doch. Mir ist nicht gut.«

Ich reiße mich sehr zusammen, damit sie meine Angst nicht heraushört.

Silvia gibt mir ein Zeichen, ruhiger zu sprechen und auf die Atmung zu achten. Aber dazu kommt es gar nicht mehr. Denn Marion macht kurzen Prozess.

»Hör mal zu, meine Liebe. Ich habe hier 30 Hunde, davon 18 Welpen und Junghunde. Die wollen Wasser und ihr Fressen und keinen Kot in ihrem Auslauf haben. Denen ist es wurscht, wie du dich fühlst. Ich muss heute zum Veterinäramt. Du weißt, dass ich einen wichtigen Termin habe. Ich habe dich eingeplant und keine Zeit, auch noch die Tiere zu versorgen. Also was ist jetzt? Ist dir noch schlecht, oder kommst du?«

»Ich komme!«, sage ich, ohne zu überlegen, und kämpfe mich aus dem Bett. Einer von den 30 Hunden ist Mr. Burns – und er kriegt bei seinen wilden Geschwistern garantiert nichts zu essen, wenn ich mich nicht kümmere!

KAPITEL 8

»Oh, wie schön. Ich freue mich sehr für dich. Wo hast du deinen Traummann denn gefunden?«

»Mein Traummann, wie du ihn nennst, ist mir quasi über den Weg gestolpert, und das ausgerechnet im Kaufhaus.«

Ich sitze, eng an Silvia gekuschelt, auf dem Sofa und beichte ihr gerade die ganz große Neuigkeit: Ich habe mich verliebt! Und Silvia möchte nun natürlich alles ganz genau wissen.

»Halt mal, bevor du weitersprichst. Was ist denn mit dem Typen, den du beim Spazierengehen kennengelernt hast? Der, der so einen süßen Pudel hat?«

»Der Holländer? Nein, nein, der interessiert mich schon längst nicht mehr. Ich habe einen anderen kennengelernt. Eben beim Einkaufen!«

»Sag nicht noch, dass es an der berühmten Käsetheke passiert ist.«

»Nein, da muss ich dich enttäuschen. Es war mal wieder – typisch für mich – etwas auffälliger«, erzähle ich weiter und bin so aufgeregt, dass sich meine Stimme schon überschlägt und ich zur Beruhigung erst einmal einen großen Schluck Apfelsaft trinken muss.

»Also, jetzt berichte ich dir alles ganz genau«, kichere ich vergnügt wie ein Teenager und lehne mich übermütig noch fester an sie. »Erinnerst du dich, dass im Kaufhaus die Rolltreppe zum Parkhaus gesperrt war?«

Silvia schüttelt den Kopf. »Nicht wirklich!«

»Das war vor zwei Wochen, aber egal«, erzähle ich ungeduldig weiter. »Jedenfalls musste ich an diesem Tag den Fahrstuhl nehmen, um zum Auto zu kommen. Ich und Fahrstuhl – du kannst dir vorstellen, was passiert ist. Schon der Anblick der Metalltür war zu viel für mich. Ich bekam sofort schlimme Atemnot und habe mich an einem Regal in der Nähe festgehalten, um nicht umzufallen. Dabei muss ich so elend ausgesehen haben, dass mich ein sympathischer junger Mann angesprochen und gefragt hat, ob ich Hilfe bräuchte.«

»Und? Hast du sie angenommen?«

»Nein, ich habe sofort den Kopf geschüttelt, allerdings kaum ein klares Wort herausbekommen. Aber, wie ich heute weiß, hat er Erfahrung mit meinem Krankheitsbild und wusste genau, was mit mir los war. Er ist nicht einfach gegangen, sondern hat mich in ein Gespräch verwickelt, indem er mir Fragen stellte: Wo ich denn meinen Wagen geparkt hätte, welches Modell ich fahren und ob ich das andere Kaufhaus am Ortsausgang auch kennen würde. All das hat ihn natürlich nicht wirklich interessiert. Er wollte mich mit den Fragen nur von meiner Angst ablenken.«

»Und? Hat es geklappt? Und hat er dich dann zu einer Tasse Kaffee eingeladen?«

Silvia macht mir mit ihrer Ungeduld gerade die ganze Geschichte kaputt.

»Nun warte doch mal«, lache ich. »Das kommt gleich! Offenbar hast du ja Erfahrung mit Männern, die mitten in einer Panikattacke mit dir flirten …«

»Habe ich! Und wer dann alles richtig macht, hat entweder selbst Erfahrung mit Panikstörungen oder entsprechend belastete Familienangehörige oder Freunde. Für mich sind das immer Volltreffer.«

»Volltreffer, das ist der richtige Begriff. Ich fand den Typen auf Anhieb total klasse. Er sieht super aus: ist groß, schlank und hat ganz süße schwarze Locken«, schwärme ich. »Du solltest ihn sehen … wie gemalt.«

Ich schließe verträumt die Augen, bevor ich weitererzähle. »Wir waren dann wirklich einen Kaffee trinken, und ich habe mich in jeder Sekunde mehr in ihn verliebt. Anschließend hat er mich zum Notausgang gebracht und mir damit die Fahrt mit dem Fahrstuhl erspart. Seither haben wir schon mehrfach telefoniert.«

»Das habe ich mitbekommen. Aber ich dachte, es sei dieser Holländer, mit dem du abends stundenlang gequatscht hast.«

»Ach Unsinn, den habe ich doch nur ein paarmal im Park getroffen. Das ist ganz harmlos.«

»Und mit dem Mann aus dem Kaufhaus ist es also ernst? Wann siehst du ihn denn wieder?«

»Morgen. Er hat vorhin angerufen. Ich bin total aus dem Häuschen.«

Silvia tätschelt mir liebevoll die Wange.

»Ach, meine Kleine, ich freue mich so für dich. Ein passender Freund wird dir guttun. Du hast schon so oft erzählt, dass du dich endlich einmal richtig verlieben möchtest. Ist er denn in deinem Alter? Und was macht er beruflich?«

»Er arbeitet im Großhandel und ist genauso alt wie ich, 32. Dazu Single, keine Kinder. Ideal!«

»Was magst du an ihm?«

»Diese Fürsorge. Weißt du, Silvia, ich kenne nur einen Menschen, der sich um mich kümmert: dich. Einen Mann, der es ehrlich mit mir meint, habe ich nie gefunden. Klar träume ich auch von der großen Liebe, von Vertrauen, von Zugehörigkeit.«

»Bemüht er sich denn um dich?«

»Ja, er schreibt mir seit Tagen ständig und fragt, wie es mir geht. Philip, so heißt er übrigens, will mit mir recht bald sogar in den Urlaub fahren. Er hat gesagt, er kenne Mallorca gut, und wenn das mit uns klappe, könnten wir zusammen dorthin reisen. Mensch, Silvia, das hört sich alles so gut an, normal eben. Genau das habe ich mir immer gewünscht.«

»Wenn er sich für dich interessiert, stellt er Fragen. Achte darauf. Wer nur von sich erzählt, hat an dir kein Interesse.«

»Er fragt ständig, wirklich. Er will alles von mir wissen.«

»Hauptsache, er fragt dich nicht nach Geld!«

»Silvia, was denkst du denn. Nein, Philip weiß doch, dass bei mir nichts zu holen ist. Er hat übrigens eine tolle Wohnung in der Innenstadt. Ich war gestern kurz dort, als ich zum Einkaufen war. Aber wenn das alles weiterhin gut läuft, bleibe ich vielleicht schon bald mal eine Nacht bei ihm. Ist das okay für dich?«

Silvia lächelt mich jetzt milde an.

»Aber, Natalie, natürlich ist das okay. Ich bin deine Freundin und gönne dir jedes Glück.«

Und ein großes Glück ist es wirklich, das mich erwartet. Philip hat alles, was ich mir schon immer von einem Mann gewünscht habe: Er ist tierlieb, mag die Natur und ist für mich da. Er kann wunderbar zuhören und hat einen ganz ähnlichen Humor wie ich. Wenn wir zusammen sind, lachen wir viel. Alles macht Spaß mit ihm, und wir sehen uns nur nicht täglich, weil ich auch Zeit mit Silvia verbringen möchte. Sie ist mein Fels in der Brandung des Lebens, und diesen Platz kann ihr selbst Philip nicht streitig machen. Das Gute daran: Er versteht auch das.

»Mir ist wichtig, dass unsere Liebe deine Freundschaft zu Silvia nicht gefährdet«, meint er ein paar Wochen später ganz verständnisvoll, und ich bin so glücklich, diesen wunderbaren Mann gefunden zu haben. Mit ihm ist mein Leben wirklich »rund«. Denn während mich Silvia als Mensch bestätigt, bestätigt er mich als Frau. Immer wieder sagt er mir, wie attraktiv er mich finde und dass ich in seinen Augen auf keinen Fall zu dick sei.

Meine Figur ist immer noch ein sensibles Thema. Ich bin froh, dass ich seit meinem letzten Klinikaufenthalt meine Essstörung wieder im Griff habe, doch die Angst vor einem Rückfall ist immer da. Ich weiß nicht, wie ich reagieren würde, wenn ausgerechnet der Mann, dem ich gefallen möchte, ständig an meiner Figur herumkritisieren würde. Aber Philip kritisiert nicht, er lobt mich. Mich, das Asiblag, das nie gelobt worden ist. Ich kann gar nicht in Worte fassen, wie zufrieden mich das macht.

Es gibt einen Mann, der mich liebt, so wie ich bin, und der zu mir hält – wie er sagt für immer, egal, was komme. Das ist ein Geschenk, mit dem ich nicht mehr gerechnet habe. Ich schwebe auf Wolke 7 und hoffe, dass es immer so bleibt, selbst wenn ich am besten weiß, dass das Leben unberechenbar ist.

*

»Wie siehst du denn aus?«

Silvia hat zwei Tage bei ihrer Tochter Nicole die Enkelkinder gehütet. Gerade ist sie nach Hause gekommen und sieht mich zusammengekauert auf dem Sofa sitzen. Mit tränennassen Augen sehe ich sie an, und als sich unsere Blicke treffen, schluchze ich laut auf.

»Natalie? Was ist denn passiert?«, ruft sie besorgt, stellt ihre Sachen ab und läuft zu mir.

Ich kann nicht antworten, meine Kehle ist wie zugeschnürt, und weine nur. Meine Tränen laufen wie Wasser, und mein ganzer Körper bebt, weil ich so schluchzen muss.

»Natalie, du musst mit mir sprechen. Was ist denn los?«

Silvia hockt jetzt neben dem Sofa und streichelt mir liebevoll über den Kopf.

»Hey, Kleine, erzähle. Was ist los?«

»Philip …«, stammle ich. »Es ist aus.«

»Wie? Es ist aus? So schnell? Was ist denn passiert?«

Silvia hat beide Arme um mich geschlungen und hält mich fest wie ein Baby. Ich habe sie mit meinem herausgeheulten Trennungsschmerz so überrascht, dass sie nicht einmal Zeit hatte, sich den Mantel auszuziehen. Jetzt durchnässt der Regenmantel mein dünnes Shirt, aber ich sehne mich trotzdem nach ihrer Nähe.

»Er hat eine andere«, schluchze ich weiter, und bevor ich ihr die ganze Geschichte erzähle, halte ich ihr das Handy hin.

»Hier, sieh mal. Er hat mir vorhin diese WhatsApp geschrieben. Ich kann die zwei Sätze auswendig aufsagen, so oft habe ich sie bereits gelesen.

»*Liebe Natalie, leider habe ich mich in meinen Gefühlen getäuscht. Das war keine Absicht. Aber ich habe meine Jugendfreundin wiedergetroffen und bin jetzt mit ihr zusammen. Verzeih!*«

»Wie? Einfach so? Das ist alles? Habt ihr nicht mehr telefoniert?«, will Silvia ungeduldig wissen.

»Doch«, sage ich wahrheitsgemäß, denn natürlich habe ich sofort versucht, ihn zu erreichen, und zu meiner großen Überraschung ist er auch ans Telefon gegangen. »Aber er hat mir alles nur bestätigt. Ziemlich knapp, aber immerhin. Auf jeden Fall will er mich nicht wiedersehen. Die große Liebe, sie war nicht echt.«

Ich wische mir zum wiederholten Mal die Tränen aus dem Gesicht.

»Silvia, alles, was er gesagt habe, solle ich nicht so ernst nehmen, das hat er auch noch gemeint. ›Es ist alles nur ein Versehen‹, das waren seine letzten Worte.«

Silvia fehlen anscheinend die Worte angesichts dieser Grobheit, denn sie sagt nichts dazu. Aber sie hält mich fest, streichelt mir liebevoll über den Rücken.

»Es tut mir so leid, dass du jetzt auch noch diese Erfahrung machen musstest. Aber Männer und Liebe, das ist nicht immer so einfach.«

»Ich weiß, ich lasse mich auf keinen Kerl mehr ein. ›Für jede Stunde Glück bekommt man zehn Stunden Schmerz‹ habe ich einmal gelesen. Dann erwartet mich ja noch einiges.«

»Erst einmal erwartet dich ein warmer Teller Suppe, und dann kannst du ganz in Ruhe deine Wunden lecken.«

Den Rest des Abends genieße ich Silvias Verwöhnprogramm und schimpfe auf Philip und die Männer im Allgemeinen.

Silvia hört mir zu und ist für mich da, so wie immer. Für sie bin ich kein Versehen.

*

»Na, mein Kleiner, das Leben ist eine riesengroße Quälerei. Ich weiß es genau! Man kann nicht früh genug beginnen zu kämpfen.«

Ich bin mittlerweile bei Marion festangestellt und freue mich total darüber. Denn die Arbeit macht mir wirklich Freude. Marion möchte mich auch schulen und weiterbilden lassen, damit ich alle amtlichen Zertifikate und Bescheinigungen vorweisen kann, die Mitarbeiter von Hundezüchtern brauchen.

Aber im Moment kümmere ich mich nur um meinen kleinen Freund und verbringe meine Frühstückspausen nicht mehr bei Marion in der Küche, sondern sitze im Hundehaus bei der quirligen Welpenschar und bemühe mich um Mr. Burns. Immer wieder versuche ich ihn aus der Ecke zu locken, indem ich mit ihm spreche und ihm etwas hinhalte, was seine Aufmerksamkeit wecken könnte. Aber während die anderen Minis alle zu mir hinstolpern, harrt Mr. Burns teilnahmslos in seiner Ecke aus.

Doch ich gebe nicht auf, weil ich mich in ihn hineinfühlen kann. Bei mir haben auch alle immer gleich aufgegeben. Ich hätte mir früher gewünscht, dass jemand hinter meine manchmal unsichere, manchmal ruppige Schale geguckt und sich für meinen Kern interessiert hätte. Ich weiß, wie Menschen reagieren, die als Kinder vernachlässigt worden sind. Für mich ist es logisch, dass das auch für Tiere gilt. Ich gebe nicht auf, mich um Mr. Burns zu bemühen.

Die letzten Tage habe ich jeden Morgen versucht, mit ihm warm zu werden und ihn aus der Reserve zu locken. Aber Mr. Burns hatte immer viel zu viel Angst, um sich auf mich einzulassen. Sowie ich ihm näher gekommen bin, hat er Reißaus genommen, und um den kleinen Kerl nicht weiter zu verschrecken, möchte ich ihn nicht länger unter Druck setzen. Also rede ich nur, wackle mit einem Mini-Kauknochen und sehe ihm in die Augen.

Und plötzlich passiert es. Mr. Burns steht auf und setzt sich in Bewegung. Zaghaft und unsicher tapst er auf seinen kleinen Beinchen in meine Richtung. Zwei seiner Schwestern schubsen in unabsichtlich, und zwar so heftig, dass er umfällt. Aber er rappelt sich wieder auf, stakst weiter auf mich zu und versucht, auf meinen Schenkel zu kriechen. Als ich ihn hochhebe und auf meinen Schoß setze, lässt er es geschehen und macht es sich gemütlich. Jetzt liegt er da, mit halb geschlossenen Augen und genießt meine Streicheleinheiten. Ich bin so gerührt, dass er zu mir gekommen ist und ich sein Vertrauen gewinnen konnte. Er liegt bei mir, und seine kleine Brust hebt sich langsam auf und ab. Er fühlt sich wohl, man spürt es.

Ausgerechnet heute ist er zu mir gekommen. Ausgerechnet an dem Tag, an dem es mir richtig schlecht geht. Ich habe es heute früh nur mit Mühe überhaupt aus dem Bett geschafft. Zu gern hätte ich Marion abgesagt und meine Enttäuschung über das Ende meiner ersten großen Liebe weiter ins Kissen geweint. Aber ich wusste, dass ich damit die Tiere im Stich ließe.

»Hunde haben Hunger, egal, wie es dir geht«, sagt sie immer und hat damit ein wahres Totschlagargument an der Hand. Die Tiere sollen nicht unter meinem Unglück leiden müssen. Niemals!

Also habe ich mich aufgerappelt, mich aus dem Bett gequält und versucht, meine Angst vor dem neuen Tag irgendwie in den Griff zu bekommen. Ich konnte keinen Bissen hinunterbekommen, und statt zu Marion zu fahren, bin ich zu

Fuß gegangen. Ich fühlte mich nicht fit genug, um ein Fahrzeug zu lenken.

Die erste Schicht war entsprechend. Meine Hände haben gezittert, und ich habe seitdem eine schlimme Angstattacke nach der anderen. Richtige Todesangst quält mich minutenlang, und nichts auf der Welt scheint mir helfen zu können.

Aber ich habe durchgehalten, immer wieder die Angst ausgehalten und das Ende der Attacken abgewartet. Denn länger als fünf Minuten hält mein Körper das nicht aus. Dann wird es besser und eine Zeit lang ist Ruhe. In diesen Pausen habe ich meine Arbeit geschafft und kann mir deshalb nun ein bisschen Zeit für meinen geliebten Mr. Burns nehmen.

Und jetzt hat mir der kleine Kerl das größte Geschenk gemacht und ist auf meinen Schoß gekrabbelt. Ich bin sicher, er hat gespürt, dass ich ihn brauche!

Ich nehme ihn hoch, küsse sein nach Welpe duftendes Fell und könnte ihn nur knuddeln. Ich genieße es, dass mein Körper entspannt. Mit ihm auf dem Arm ist die Angst weit weg.

Doch kaum bin ich zurück bei der Arbeit, beginnt mein Herz wieder zu poltern. Lange halte ich das nicht mehr aus. Ich brauche Hilfe, mache früher Schluss und fahre direkt zu meiner Therapeutin.

Zum Glück hat sie Zeit und erklärt mir mit wenigen Worten, warum es mir so schlecht geht. »Der Verlust der gerade gefundenen Liebe lässt Ihre Verlustängste wieder besonders präsent sein. Alles erinnert Sie an das kleine verlassene Kind, das sie einmal waren. Die Welt erscheint Ihnen wie damals als gefährlich, und Sie empfinden sich als ungeschützt und ausgeliefert. Für Sie ist eine Trennung der absolute Trigger …«

Es hilft mir, meine belastenden Reaktionen einordnen zu

können, und ich fühle mich rasch besser. Ich bekomme auch wieder Verhaltensregeln mit auf den Weg. Sie setzt ebenfalls auf kaltes Wasser. Ich kann es mir über die Handgelenke laufen lassen, und wenn ich keine Rücksicht auf meine Frisur nehmen muss, auch über den Kopf. Zudem soll ich Gedankenkontrolle üben. Ich weiß das alles, aber es ist in der Situation nicht so leicht, wie es sich anhört. Oft fehlt die Kraft dazu.

Nach dem Gespräch mit meiner Therapeutin fahre ich bewusst nicht gleich nach Hause, um mich auszuruhen. Nein, ich will mich nicht zurückziehen. Ich will stark sein. Zum einen möchte ich die verlorene Zeit nacharbeiten, zum anderen zieht es mich zurück zu meinem kleinen Freund.

Als ich mich wieder in das Hundehaus hocke, kommt Mr. Burns erneut sofort zu mir und legt sich dieses Mal so selbstverständlich auf meine Beine, als hätte er nie woanders gelegen. Dieser kleine Wurm wird mir vermutlich gleich meine Hose nasspieseln, aber das interessiert mich nicht.

Ich bemühe mich stillzuhalten, damit er sich nicht unwohl fühlt und wieder verschwindet. Ich will ihn bei mir behalten, weil es so ein wunderschönes Gefühl ist, diesem Winzling etwas Geborgenheit zu geben.

Ob er gespürt hat, dass wir das gleiche Schicksal teilen?

Niemand will uns!

*

»Wir haben uns entschieden. Wir nehmen das Mädchen!«

Die sympathische ältere Dame ist extra aus Köln angereist, um sich bei Marion einen Hund auszusuchen. Sie hat nur ein paar Minuten gebraucht, um sich sicher zu sein, dass sie auf keinen Fall Mr. Burns, sondern seine quirlige Schwester möchte.

»Ich hole die Kleine dann in zwei Wochen ab«, strahlt sie und winkt uns noch fröhlich beim Abschied zu.

»Jetzt sind bis auf deinen Freund alle Ridgebacks weg«, sagt Marion, als sie später zu mir in die Küche kommt.

Ich habe Pause und gönne mir einen Kaffee und eine Scheibe Brot.

»Die Kundin hat ihn nur einmal ganz kurz angesehen und sich dann regelrecht auf die Schwester gestürzt. Dein Mr. Burns hat sie nicht einen Moment lang interessiert. Ich plane mal ein, dass er noch eine Zeit lang bleiben wird, aber das ist ja auch in Ordnung.«

Marion stellt ihren Becher unter die Kaffeemaschine, steht jetzt mit verschränkten Armen vor mir. »Dabei hat er so tolle Farben, dieses dunkle Rotbraun. Wunderschön! Aber wir kriegen ihn schon durch, unser kleines Sorgenkind. Wenn du dich weiter so intensiv um ihn kümmerst, berappelt er sich irgendwann noch mal.«

»Gib ihn doch mir, ich würde mich gern für immer um ihn kümmern.«

»Wie?« Marion sieht mich ungläubig an. »Du willst ausgerechnet ihn?«

»Ja«, sage ich schnell. Ich weiß ja, wie man sich fühlt, wenn einen niemand haben will.

»Warum?«, hakt sie nach.

Ich sage ihr nicht, was ich denke, und druckse herum. »Es würde mir Spaß machen, mich um ihn zu kümmern. Ich mag ihn eben. Ach was, ich will ehrlich sein: Ich habe mich total in ihn verknallt.«

»Glaub nicht, dass mir das nicht bereits aufgefallen ist«, lächelt sie wissend. »Du scheinst ja im Hundehaus zu leben.«

Doch bevor wir weitersprechen können, klingelt jemand am Tor. »Ich sehe nach«, meint Marion, und – schwups – ist sie verschwunden.

Ich nehme meine Arbeit wieder auf, aber die Vorstellung, Mr. Burns zu mir zu holen, spukt mir weiter im Kopf herum. Eigentlich war das auch gar keine spontane Äußerung. Doch ich kann mir so einen teuren Rassehund gar nicht leisten und wollte nur mal austesten, wie Marion darüber denkt. Vielleicht gibt sie ihn mir ja preiswerter. Ich werde mit ihr noch einmal darüber sprechen, irgendwann, wenn der Zeitpunkt günstig ist.

Doch ich muss nicht lange auf eine passende Gelegenheit warten. Marion kommt zwei Tage später von sich aus auf mich zu.

»Hast du das ernst gemeint mit Mr. Burns?«, fragt sie, als wir morgens zum zweiten Frühstück in ihrer Küche sitzen.

»Ja«, sage ich sofort und bin erleichtert, dass Marion meinen Vorschlag nicht vergessen hat. »Ich habe auch mit Silvia gesprochen. Sie wäre einverstanden, wenn ich den Kleinen nehmen würde.«

»Weißt du, ich habe mir auch Gedanken gemacht. Schenken kann ich dir den Hund nicht. Aber ich würde ihn dir für einen geringen Betrag geben. Die Summe kannst du bei mir abarbeiten. Was hältst du davon?«

»Wie? Echt jetzt? Oh, Marion, das wäre ein Traum. Ich würde mich riesig freuen.«

»Und Mr. Burns wohl auch. So wie er dich immer anschmachtet, bist du sein Wunschfrauchen.«

»Mensch, Marion, ich freue mich total!«

Übermütig springe ich auf und nehme sie fest in den Arm.

»Du weißt gar nicht, was für eine Freude du mir damit machst. Ich bin total happy!!! Danke, danke, danke! Ich nehme ihn sofort.«

Für meine Pause habe ich jetzt keine Zeit mehr. Ich lasse mein angebissenes Brötchen auf dem Teller liegen, nehme nur noch einen letzten Schluck Kaffee, und dann stürze ich nach draußen, direkt zu meinem künftigen Gefährten.

Der liegt zusammengerollt in einer Ecke, weit weg von seiner Mama und blinzelt wie immer nervös ins Leben. Mit einem Satz bin ich bei ihm, setze mich zu ihm und nehme ihn vorsichtig auf meinen Schoß.

Seine Mutter öffnet nur einmal kurz die Augen, dann schlummert sie zufrieden weiter. »Schlaf ruhig weiter, meine Liebe«, flüstere ich ihr zu. »Bald kannst du wieder zu deinen Hundefreunden in den Auslauf. Das ›Hotel Mama‹ schließt.«

*

Mr. Burns heißt jetzt Kimba, so habe ich meinen ersten eigenen Hund feierlich getauft. Ein edler Ridgeback mit Ahnentafel soll auch einen schönen Namen haben. Kimba heißt der weiße Löwe in der gleichnamigen Zeichentrickserie. Und stark wie ein Löwe, so soll auch mein neuer Freund einmal werden.

Aber zuerst werden wir beiden ein super Team, und das geht schneller, als wir es uns alle vorstellen konnten.

»Du musst dir nie Gedanken machen, wo dein Hund ist. Du weißt ja, dass er maximal zehn Zentimeter von dir entfernt ist, ach, was rede ich, eigentlich immer Körperkontakt hat«, meint Silvia, als wir bald darauf mal wieder ausgiebig frühstücken.

Und es stimmt: Seitdem Kimba bei uns ist, lebt er auf Tuchfühlung mit mir. Wenn ich am Tisch sitze und esse, setzt er sich nicht nur genau neben den Stuhl, sondern legt auch Wert darauf, immer mein Bein zu berühren.

»Kimba mag es eben nicht, wenn er auch nur eine Sekunde des Tages von mir getrennt ist«, nehme ich ihren Scherz auf und streichle meinem kleinen Freund schnell über den Kopf.

»Ja, aber das ist schon sehr speziell. Wenn du morgens wegfährst, legt er sich vor die Tür und wartet die ganze Zeit wie angewurzelt, dass du zurückkommst. Ich kann ihn mit Leckerchen locken oder ihm einen Platz neben mir auf dem Sofa anbieten, wie ich will – alles vergeblich. Kimba bleibt an der Tür und wartet.«

»Wir lieben uns eben, nicht wahr, mein Kleiner«, sage ich liebevoll und beuge mich zu meinem treuen Gefährten herunter. »Wir sind ein Herz und eine Seele.«

»Er ist wohl eher dein Schatten. Es gibt dich doch nicht mehr ohne Kimba. Ist schon beeindruckend, dass er neuerdings sogar mit dir auf die Toilette geht, und wenn du unter der Dusche stehst, legt er sich auf den Vorleger und versucht, durch die Kabinentür deinen Geruch zu erschnüffeln.«

»Du bist nur neidisch«, frotzle ich sie.

Aber Silvia hat recht. Kimba ist total auf mich fixiert. Andere Menschen und Lebewesen nimmt er kaum wahr. Einzige Ausnahme sind Silvia und Brezel. Von Silvia lässt er sich füttern, und mit Brezel spielt er sogar, aber nur, wenn er mich dabei aus den Augenwinkeln heraus beobachten kann.

Für mich ist Kimba das erste Lebewesen, das wirklich zu

mir gehört, und mein Leben ändert sich mit ihm komplett. Nicht nur, dass ich nie mehr allein bin, weil er immer bei mir ist. Dank Kimba komme ich neuerdings auch »unter die Leute« und habe ein richtiges soziales Leben. Dreimal täglich drehe ich mit ihm meine Runden, und dabei lerne ich zahlreiche andere Hundebesitzer kennen.

Eigentlich bin ich ja schüchtern, traue mich kaum, jemanden anzusprechen. Aber mit Kimba geht das fast wie von selbst. Ich treffe jeden Tag dieselben Menschen und ihre Vierbeiner. Mit fast allen komme ich schnell ins Gespräch, mit vielen regelmäßig und zu einigen entwickeln sich sogar mit der Zeit Freundschaften: Ich werde neuerdings zum Kaffee eingeladen und verabrede mich mit einer Gruppe zu gemeinsamen Spaziergängen. Mein Leben ist ganz anders als früher. Oder besser ausgedrückt, ich habe überhaupt zum ersten Mal ein Leben!

KAPITEL 9

»Mein Snoopy versteht jedes Wort!« Als mir das vor zwei Jahren eine Hundehalterin im Park erzählte, habe ich innerlich den Kopf geschüttelt und gedacht: Was sich doch manche Leute alles einbilden.

Mittlerweile sehe ich es aber genauso. Gut, man darf es mit dem Verstehen natürlich nicht wörtlich nehmen, ich sage lieber, dass mein Kimba jede Regung meines Herzens erspüre.

Wenn ich traurig bin, springt er zu mir aufs Sofa, robbt auf meinen Schoß und legt seinen Kopf an meinen Hals. Er kann nicht nah genug bei mir sein und möchte am liebsten in mich hineinkriechen.

Als er ein Welpe war, fand ich das total niedlich. Mittlerweile habe ich aber einen 35-Kilo-Hund auf mir liegen und Mühe, noch Luft zu bekommen. Aber schön ist es trotzdem.

Wenn ich fröhlich bin, trabt er neben mir her wie ein Pony, und sein Schwanz wedelt dabei stakkatoartig im Takt.

Doch Kimba erspürt auch meine Ängste. Wenn die Atemnot losgeht, ich japse und zittere und mich schweißgebadet in das am weitesten entfernte Eckchen der Wohnung verkriechen möchte, vollführt Kimba irgendwelche wahnsinnigen Aktionen, die mich aus der Angst herausholen.

In der Therapie haben wir gelernt, uns aus der Situation

zu befreien, mit dem berühmten kalten Wasser, den scharfen Drops, den Wortketten und Zahlenreihen.

Nun ist es, als wäre Kimba schon bei den ganzen Sitzungen dabei gewesen. Denn er macht genau das, was man uns Angstpatienten dort immer geraten hat: »Sagt stopp, und holt euch mit solchen Übungen aus der Angst!«

Kimba stoppt die Angst, aber er hat eine andere, sehr spezielle Methode, von der ich in der Therapie noch nichts gehört habe. Wenn der Angst-Film losgeht, die Gedankenschleife sich aufbaut und ich langsam in meine Welt wegdrifte, ist Kimba plötzlich alarmiert. Er steht auf und macht mit irgendeinem Blödsinn auf sich aufmerksam – und seine Fantasie ist dabei grenzenlos. Er beginnt die teure Deko von der Wand zu reißen und zu zerfressen, schafft es irgendwie, sich mit seiner Riesengröße auf die Fensterbank zu quetschen, stellt sich kühn auf den Wohnzimmertisch oder plündert den Wäschekorb und zerrt meine Wäsche durch das ganze Haus. In guten Momenten übrigens auch ins Treppenhaus und in den Innenhof, damit auch die Nachbarn wissen, was ich unter der Jeans trage.

Er macht seine ungewöhnlichen Attacken auch nicht heimlich, sondern mit einem aufwendigen Getöse und begleitet von motivierendem Gesang, und das ist keine Einbildung. Kimba jault melodisch. Ich will ihm nicht meinen Lieblingshit zuordnen, aber wenn er jault, dann klingt es, als würde er singen, und meistens singen wir schließlich auch gemeinsam, weil ich ihm so gern zuhöre und sein immer wilderes Gejaule genieße.

Das Fazit ist eindeutig: Mit meinen Panikattacken komme ich bei ihm nicht weiter. Ich habe die Wahl zuzusehen, wie er die komplette Wohnung auseinandernimmt, oder einzuschreiten. Ich stoppe dann das Debakel, um den Schaden in Grenzen zu halten, und bin dann weg aus meinen quälenden Gedanken. Statt »Ich muss jetzt sterben« denke ich »Bitte zerstöre jetzt nicht auch noch das wunderschöne Windlicht, das mir Silvias Enkeltochter Lisa liebevoll bemalt hat« …

Mein Herzrasen, die Angst, das Leben nicht zu meistern, und die Not, das empfundene drohende Ausgeliefertsein nicht aushalten zu können, das alles ist plötzlich vorbei.

Denn ich muss ja im Duett singend heruntergefallene Porzellanstücke einer Vase aufsammeln oder Kuchenreste aufwischen, die mit der herabstürzenden Tortenplatte auf dem Küchenboden gelandet sind. Ich habe zu tun: putzen, wischen, trocknen. Und das ganz schnell, damit Silvia von dem Chaos nicht allzu genervt ist. Ich möchte vermeiden, dass sie irgendwann sauer auf Kimba wird.

Wenn ich dann hektisch durch die Wohnung düse und den schlimmsten Schaden behebe, ist die Angst schnell weg, zumal Kimba sie mir auch noch wegschlecken möchte, indem er mir seine nasse Zunge über das Gesicht zieht.

»Sie machen Fortschritte«, sagt mir meine Therapeutin Petra Schuster und sitzt mir lächelnd gegenüber. Es ist mal wieder Dienstag 17 Uhr, und ich habe meine Sitzung. Ich weiß gar nicht, wie viele Jahre ich schon dienstags bei Frau Schuster sitze. Nach der teilstationären Therapie in der Tagesklinik haben die Ärzte damals entschieden, dass eine regelmäßige ambulante Gesprächstherapie ausreichend für mich sei.

Ich will ihr jetzt nicht die Freude nehmen, dass es an unserer Gesprächstherapie liegt. Aber das stimmt nicht. Mein Therapeut hat Fell, vier Beine und ein Herz aus Gold! Allerdings frisst er mir auch die Taschen leer, und deshalb bin ich froh, dass man mir im Arbeitsamt einen Vorschlag macht – auch wenn er sich später als folgenschwer herausstellt.

»Sie sind arbeitsfähig und unbegrenzt einsetzbar«, erklärt mir meine Fallmanagerin eines Nachmittags. »Leider haben Sie nur eine abgebrochene Berufsausbildung. Das möchten wir ändern. Wir bieten Ihnen deshalb eine Umschulungsmaßnahme an.«

Frau Wolters, eine Frau in meinem Alter mit blondem akkurat geschnittenem Pagenkopf strahlt mich an, als hätte ich gerade einen Hauptgewinn gezogen.

Ich bin allerdings noch unsicher. Eine Ausbildung wäre super, ganz klar. Aber was? Darüber denke ich schon lange nach.

»Tierpflegerin, das möchte ich gern werden!«, versuche ich es einfach mal.

Frau Wolters schüttelt den Kopf.

»Hhm, hhm, nee, da sind die Jobaussichten nicht gut. Ich denke an eine Ausbildung als Kauffrau im Büromanagement. Da beginnt in wenigen Wochen ein wunderbarer Kurs. Liebe Frau Schunicht, machen Sie das. Dann ist Ihre Zukunft in trockenen Tüchern.«

Ich hasse Zahlen, und ich hasse Büroarbeiten. Warum ich also trotzdem zustimmend nicke? Ausschlaggebend ist das Stichwort »Zukunft«. Der Riesentrampel, wie ich Kimba immer nenne, wenn ich sauer auf ihn bin, braucht mehr als gute Laune. Er braucht natürlich das beste Futter, weil er ja ach so klein und, wie wir es nennen, »rodderig« ist, eine gute ärztliche Betreuung, mehrere gemütliche Schlafplätzchen und natürlich das feinste Ausgehhalsband. Um das alles in den nächsten 15 Jahren finanzieren zu können, brauche ich dringend einen gut bezahlten Job.

»Ich freue mich«, flöte ich also und strecke Frau Wolters die Hand entgegen. »Dann sitze ich in drei Wochen um acht Uhr im Unterricht.«

Was ich ihr nicht sage: Den 450-Euro-Job bei Marion behalte ich trotzdem. Ich brauche das Einkommen.

*

»Wie geht es Ihnen?«

»Ausgezeichnet!«

Frau Schuster ist über meine eindeutige Antwort nicht einmal mehr irritiert. Seit Monaten vermelde ich ihr jetzt schon immer das Gleiche. Während sie anfangs nicht sicher war, wie ehrlich ich zu ihr bin, scheint sich ihr Misstrauen langsam zu legen.

»Sind Ihre Ängste weniger geworden?«

»Oh ja, ich weiß, was ich tun muss, wenn sie kommen, und gehe anders mit ihnen um.«

»Wann hatten Sie die letzte Panikattacke?«, möchte Frau Schuster wissen.

»Vor Kurzem im Schulzentrum«, antworte ich und erzähle, was mir passiert ist. »Rebecca, die Mitschülerin, mit der ich gemeinsam zur Ausbildungseinrichtung fahre, hat mal wieder erst am Morgen abgesagt, und wenn ich den Unterricht nicht versäumen wollte, hätte ich mit dem Zug fahren müssen.«

Ich hole immer bewusst weit aus, damit meine Therapeutin die Situation vor Augen hat, und erzähle dann auch blumig weiter.

»Allein die Vorstellung hat mich so belastet, dass ich

schlimme Atemnot bekommen und mich überhaupt nicht mehr aus dem Haus getraut habe. Ich hatte so eine furchtbare Angst, dass ich mich ins Bett gelegt habe, um irgendwie zur Ruhe kommen zu können. Es war schlimm, wirklich, zumal auch Silvia nicht da war. Das Alleinsein hat die Angst noch verstärkt, das war furchtbar.«

»Und wann haben Sie gemerkt, dass nichts passiert?«

»Es war Kimba, der mich aus meiner Angst geholt hat. Er hat dieses Mal nichts zerstört, aber er hat wie verrückt an der Tür gekratzt. Er musste Gassi gehen, das war deutlich. Aber Silvia war ja nicht da, also musste ich mit ihm raus. Die Überwindung, aufzustehen und schweißnass aus dem Haus zu gehen, hat mich viel Kraft gekostet. Aber ich wollte nicht, dass Kimba in die Wohnung machen muss. Er hätte sich schlecht gefühlt, und das konnte ich nicht zulassen.«

»Und wie ging es draußen weiter?«

»Das war unangenehm. Ich hatte Mühe zu gehen und wollte auch nicht von anderen gesehen werden. Also bin ich den abgelegensten Weg entlanggeschlichen, einen Weg, auf dem mir garantiert niemand begegnet. Zwischendurch hatte ich Angst, das Bewusstsein zu verlieren und umzufallen. Aber dann kam der Gedanke: Was wird dann aus Kimba? Also habe ich die Route noch mal geändert und bin dann doch den Weg gegangen, auf dem viele Menschen unterwegs sind, direkt durch den Park.«

»Das hat Sie beruhigt?«

Ich schüttle den Kopf.

»Nein, anfangs nicht. Im Gegenteil. Die vielen Menschen haben mich eher belastet.«

Ich lächle, bevor ich weitererzähle.

»Kimba hat dieses Mal eine etwas, sagen wir mal ›ungewöhnliche Methode‹ angewendet. Er hat plötzlich eine Katze gesehen und sich so darüber aufgeregt, dass er mit ganzer Kraft losgeprescht ist. Ich war unvorbereitet und bin der Länge nach auf den Weg geknallt, weil ich ja die Leine um mein Handgelenk gewickelt hatte.«

»Oh.« Frau Schuster horcht auf.

»Und die Angst?«

»Tja, als ich in der Pfütze lag, war sie weg. Ich hatte plötzlich andere Sorgen, denn ich sah aus wie ein Erdmännchen, überall klebte Matsch an mir.«

»Und der Unterricht?«

»Den habe ich sausen lassen, leider. Aber es war das letzte Mal. Denn mittlerweile habe ich mir ein Auto angeschafft und bin jetzt komplett unabhängig.«

»Haben Sie denn keine Angst zu fahren?«

»Nur noch ganz selten. Es klingt komisch, aber ich habe eigentlich keine Zeit, Angst zu haben. Ich bin mit Schule, Job und Kimba, mit Hausaufgaben und Gassigehen pausenlos im Einsatz. Die Angst muss einfach warten.«

Frau Schuster lächelt.

»Wissen Sie, dann sollte ich auch warten«, scherzt sie jetzt. »Ich glaube, Sie kommen künftig gut ohne mich zurecht. Seitdem Kimba Sie auf Trab hält, wirken Sie schon auf den ersten Blick verändert. Sie strahlen von innen heraus und erzählen mir immer nur, wie gut es Ihnen gehe.«

Ich bin baff.

»Heißt das, ich brauche keine Therapie mehr?«, frage ich.

Frau Schuster nickt.

»Ich denke, wir können es versuchen. Nach meiner Einschätzung kommen Sie allein zurecht, und wenn nicht, können Sie sich doch jederzeit wieder melden. Macht Ihnen die Vorstellung, nicht zu kommen, Angst?«

Ich schüttle den Kopf.

»Nein. Ich bin gern bei Ihnen, ohne Frage. Aber ich habe nicht mehr das Bedürfnis, Antworten zu suchen. Ich habe genug über mich gelernt«, sage ich fröhlich und ergänze noch augenzwinkernd: »Ich kenne mich mittlerweile ganz gut …«

Dieses Mal verlasse ich beschwingt die Praxis. Nach mehr als 20 Jahren in Dauerbehandlung traut man mir jetzt, mit Mitte dreißig, endlich zu, allein klarzukommen. Das ist ein wirklich gutes Gefühl. Hinter mir liegt ein langer und beschwerlicher Weg. Aber jetzt sehe ich nicht mehr zurück, sondern nach vorn und freue mich auf das, was vor mir liegt.

Als ich nach Hause fahre, kaufe ich einen riesengroßen Kauknochen für Kimba. Er hat ihn sich verdient. Und als er abends auf der Terrasse sein überdimensionales Leckerli genießt und natürlich auch Brezel auf einem mitgebrachten Knochen knabbert, bin ich selig vor Glück.

»Natalie«, sage ich zu mir selbst. »Du hast die Kurve gekriegt!«

*

Es gibt Sekt, belegte Brötchen, heiße Suppe. Ich habe es geschafft! Ich habe jetzt eine Ausbildung abgeschlossen, darf mich Kauffrau für Büromanagement nennen.

Wenn mich jemand fragt, ob es mir Spaß gemacht habe,

muss ich leider laut und deutlich »Nein« sagen. Ich finde Buchhaltung nach wie vor furchtbar und den Umgang mit einer Excel-Tabelle ausgesprochen langweilig. Aber ich wollte nicht aufgeben und habe mich durchgebissen. Ich bin damit die Erste in meiner Familie, die eine Ausbildung hat, und mächtig stolz darauf. Denn es ist etwas, das ich mir erarbeitet habe, mit Fleiß und Disziplin.

Das Zeugnis ist auch der Sieg meines Willens. Ich wollte nicht mehr ein Asiblag sein, das nichts erreicht im Leben. Ich wollte mir und allen anderen zeigen, dass jeder etwas schaffen kann, wenn er es wirklich will, egal, woher er kommt, egal, was er erlebt hat.

Klar gab es Momente, in denen ich am liebsten alles hingeworfen hätte, weil ich mich sehr anstrengen und zusammenreißen musste. Aber ich habe es nicht getan, weil mein »Wenn-dann-Plan«, den ich in meiner ersten Therapie gelernt habe, Wirkung gezeigt hat. Ich wusste, dass sich nichts ändern kann, wenn *ich* mich nicht ändere. Ich wusste, dass mich die Angst besiegt, wenn ich unter ihr zusammenbreche. Das wollte ich nicht zulassen und habe mich mit der Angst angelegt, ihr trotzig die Stirn geboten, eigentlich jeden Tag aufs Neue.

Jetzt feiere ich zu Hause und habe dazu einige meiner engen Freunde aus der Hundegruppe und natürlich Marion eingeladen. Aber das kleine Krönchen, das Silvia für mich gekauft hat, trägt heute Kimba. Er liegt in seinem Körbchen, und es steht ihm ausgezeichnet. Und nicht nur das: Er hat es sich redlich verdient. Denn dass heute mein Zeugnis auf dem Tisch liegt, verdanke ich nach wie vor meinem herzensguten kleinen »Lumpsack«, wie ich ihn liebevoll nenne.

Kimba hat meinem Tag die nötige Struktur gegeben und mir damit ermöglicht, diese ungeliebte Ausbildung zu meistern. Ich lag manches Mal morgens im Bett und hätte mich zu gern noch einmal umgedreht. Unterricht? Nur nicht heute! Aber Kimba musste raus und ließ nicht zu, dass ich weiterschlief. Er hockte pünktlich an meinem Bett, schleckte mir über die Hand und hörte erst auf, wenn ich auf meinen Beinen stand.

Später, nachdem wir dann im Morgengrauen unsere Runden gedreht hatten, erschien mir das Bett nicht mehr reizvoll. Die Bewegung und die frische Luft hatten mich fit gemacht. Ich war bereit, den Tag anzugehen, und eben auch bereit, zum Ausbildungsseminar zu fahren.

Nach meiner Rückkehr am frühen Nachmittag gab's ebenfalls keine Pause, denn Kimba wartete ja wieder auf mich. Danach stand die Arbeit bei Marion auf dem Programm, und dann wieder Kimba, und danach wiederum die Schularbeiten, und dann kam wieder Kimba. Wenn ich um Mitternacht ins Bett fiel, gab es keine Zeit mehr, groß nachzudenken, was ich wohl noch unternehmen wollte, außer endlich zu schlafen.

Zwei Jahre Schule, das waren auch zwei Jahre Dauerlauf. Durchatmen gab's nicht, denn in den Ferien habe ich fehlende Arbeitsstunden bei Marion nachgeholt.

Aber etwas durchhalten, Leistung bringen, andere Menschen nicht enttäuschen und abends zufrieden mit sich einzuschlafen, das hat etwas Schönes, Stärkendes, Beruhigendes an sich.

Mich hat es stark gemacht, und deshalb trägt Kimba, mein treuer Kimba, heute die Krone ganz zu Recht!

»Ich bin gespannt, wohin du mich noch führst«, sage ich ihm später, als ich nach zwei Gläsern Sekt, schon etwas beschwipst, an seinem Körbchen sitze und ihn immer wieder streichle.

»Das Zeugnis habe ich jetzt. Aber was machen wir damit, mein Freund«, murmle ich und beginne auch, ein bisschen zu träumen. Morgen habe ich einen Termin bei meiner Fallmanagerin. Sie will mir einen Job besorgen und hat auch schon einige Angebote für mich herausgelegt: Ich kann im Büro einer Spedition anfangen oder in einem Supermarkt mit der Chefin die komplette Verwaltung managen.

»Aber ich habe noch mehr«, hat mir Frau Wolters fröhlich in Aussicht gestellt und mir auch verraten, was ich verdienen könne. Klar klingt das alles mächtig verlockend. Ich, die kleine Natalie, die früher durch die Straßen gelaufen ist, um etwas zu essen aufzutreiben, ich, die arme Natalie, kann jetzt Karriere machen, morgens mit schicker Kleidung in ein schickes Büro gehen.

»Du hast das Zeug dazu, viel zu erreichen«, hat mir mein Deutschlehrer letzte Woche noch mit auf den Weg gegeben. Klar war ich stolz, aber mittlerweile sehe ich das differenzierter. Ich frage nicht nur, was ich kann, sondern auch, was ich will. Das habe ich in einer meiner zahlreichen Therapien gelernt.

Deshalb werde ich Frau Wolters morgen enttäuschen müssen. Denn ich möchte nicht in irgendein Büro gehen. Ich möchte Zeit für Kimba haben und mein Leben mit ihm genießen. Ich möchte deshalb weiter bei Marion arbeiten. Ich möchte mich mit Vierbeinern statt mit Zahlen beschäftigen, weil das meiner Seele guttut.

Mein Entschluss steht fest. Mit Marion habe ich schon alles besprochen. Ich bekomme eine Vollzeitstelle bei ihr. Klar habe ich nicht das super Einkommen, aber die Arbeit macht mir Freude, und ich kann auch mal nach Hause zu Kimba, wenn er mich brauchen würde. Das ist mir wichtiger als ein paar Euro mehr in der Tasche.

*

»Ich habe auf Facebook diese wunderbaren Tierbilder gesehen und möchte auch solche Fotos von meinem Hund machen lassen. Wer hat die Fotos denn gemacht?«

Eine meiner Freundinnen aus der Hundegruppe hat mir diese Nachricht weitergeleitet – die ich umgehend mit »Ich« beantworte. Es ist nicht das erste Mal, dass ich für meine Fotos Komplimente bekomme, und wieder ist es Kimba, dem ich das verdanke. Seitdem er bei mir ist, fotografiere ich gern. Ich möchte einfach festhalten, wie süß dieser tollpatschige Zamperl ist.

Von meinem ersten richtigen Geld habe ich mir eine gute Kamera gekauft und mit meinem Supermodel gleich losgelegt. Es gibt Kimba auf der Wiese, im Feld, im Wald, in der Küche, im Bett, am See, am Ententeich, einfach überall zu sehen. Besonders gern mag ich ihn in Bewegung und natürlich auch seinen gespielt gelangweilten, schelmischen Gesichtsausdruck, wenn ich ihn bei etwas ertappe.

Einige dieser Fotos poste ich im Internet, und seitdem kommt immer wieder Lob und heute eben sogar eine Anfrage, Fotos zu machen, mit der ich allerdings gar nicht umgehen kann. Deshalb hole ich mir Rat bei Silvia.

»Sieh mal, hier möchte jemand, dass ich seinen Hund fotografiere. Ich habe schon mit der Dame gesprochen. Sie will die Bilder auch bezahlen. Was hältst du davon?«

Silvia hat durch ihre Außendiensttätigkeit ein gutes Auge für Menschen und Geschäfte. Sie kann rechnen und kalkulieren. Ich suche oft ihren Rat.

Neugierig liest sie die Nachricht und meint dann mit einem wissenden Lächeln: »Das ist ganz prima. Das solltest du machen.«

»Aber meinst du, ich kann das?«

»Natürlich. Du machst tolle Fotos, das habe ich dir schon oft gesagt. Großartig, dass das jetzt auch anderen Menschen auffällt.«

»Aber ich kann doch kein Geld dafür nehmen?«

»Warum denn nicht? Du arbeitest dafür, hast einen zeitlichen Aufwand und auch Kosten. Freue dich einfach, dass du dir etwas Geld dazuverdienen kannst.«

Ich brauche zwei Tassen Kaffee, einen längeren Spaziergang und diverse sanfte Tritte in den Allerwertesten von Silvia, bevor ich endlich der potenziellen Kundin antworte: »Sehr gern. Wann wollen wir uns treffen?«

Mein Shooting mit der Hundebesitzerin und einer Französischen Bulldogge ist ein Volltreffer. Der süße Hund mit der Knubbelnase macht es mir leicht. Ich kann ihn mit passenden Streicheleinheiten und liebevollen Worten dazu bringen, sich ruhig und sehr dekorativ in die bunte Sommerwiese zu legen und dabei kess in die Kamera zu blinzeln. Aber ich lasse den kleinen Hund auch an einer Blume schnuppern, im Bach planschen und fröhlich durch die Luft springen wie ein übermütiges Reh.

»Die Fotos sind klasse. Sie haben viel Gefühl, und meine Alexa ist perfekt getroffen«, schwärmt ein zufriedenes Frauchen, als sie zwei Tage später die Ergebnisse unseres Shootings bekommt.

Ich kann meinen Stolz nicht in Worte fassen, als ich kurz darauf mein Honorar auf das Konto bekomme. Es ist nicht viel. Aber es ist eine riesengroße Anerkennung. Ich bin stolz und unendlich dankbar, und Kimba bekommt als Initiator meines zweiten beruflichen Standbeins einen gigantischen Kauknochen, mit dem er sich zufrieden längere Zeit ins Körbchen zurückzieht. Er ist ein Genießer!

»Mach eine Existenz daraus«, sagt mir Silvia abends, als wir eine Gemüselasagne vorbereiten. Später machen wir uns eine Flasche Wein auf, sitzen auf der Terrasse und genießen den herrlichen Sommerabend.

»Wie stellst du dir das denn vor?«

»Du könntest ein paar Kurse besuchen, dich in Belichtung und anderen Techniken weiterbilden und dann als mobile Tierfotografin arbeiten. Du musst doch nicht davon leben, aber ein zweites Einkommen mit einer Tätigkeit, die dir obendrein auch noch so viel Spaß macht, wäre doch klasse.«

Ich grüble noch über Silvias Vorschlag, als ich morgens eine Mail bekomme. Eine Frauenzeitschrift fragt an, ob ich Fotos für sie machen könne.

Wieso ausgerechnet ich? Keine Ahnung. Ich frage auch nicht. Ich sage einfach zu und weiß, dass ich ins kalte Wasser springe. Aber ich habe gelernt, auch mal etwas zu wagen. Kurz darauf erfahre ich, dass Marion jemanden von der Presse kennt und mich empfohlen hat. Sie ist klasse.

»Was soll denn passieren?«, fragt Silvia. »Schlimmstenfalls

bekommst du kein Geld und hast die Zeit umsonst investiert. Versuch es einfach. Du kannst nur gewinnen.«

Ich übernehme den Auftrag und fotografiere zwei Frauen, die hier in unserem Ort ein Geschäft übernommen haben.

Als ich mit meinem Wagen vorfahre, liegt die Kamera lässig auf dem Beifahrersitz, und ich fühle mich wie in einem Kinofilm. Ich habe jetzt schon meinen zweiten Auftrag als Fotografin, und beide Male packt mich nicht die Panik. Gut, ich habe ein mulmiges Gefühl, aber ich bin nicht allein. Ich habe Silvia, die mir immer wieder sagt: »Du packst das«, und ich habe Kimba, mit dem ich schon alle möglichen Einstellungen geübt habe und der zu meinen Terminen jetzt und künftig immer mitgeht. Er ist mein Glücksbringer und muss dabei sein. Heute liegt er auf dem Rücksitz meines kleinen Autos und wird geduldig auf mich warten.

Als ich zwei Monate später ein Exemplar der Zeitung mit meinen Fotos im Briefkasten habe, fühlt es sich an wie ein Traum. Aber es ist wahr!

Ich bin so stolz auf den Erfolg, dass ich wirklich die »Mobile Tierfotografie« gründe und schnell regelmäßig auf Tour bin. Ich fotografiere zum Beispiel für einen Geburtstag einen Papagei, der mich bei den Aufnahmen mit lustigen Bemerkungen köstlich unterhält, oder ein herzallerliebstes Pony. Sein Besitzer stellt sich meine Fotos gerahmt in den Schrank. Ich mache, was ich liebe, und es geht mir rundherum prächtig.

*

»Guck mal, wie angewidert er durch das Wasser stakst!«, rufe ich Silvia zu und stemme mich dabei regelrecht gegen den Wind. Ich bin im Urlaub in Tossens an der Nordsee. Silvia und ich haben uns spontan eine Ferienwohnung gemietet, die beiden Hunde ins Auto gepackt und sind an die See gefahren. Jetzt genießen wir das Meer und laufen stundenlang durch den Sand, freuen uns über das Rauschen der Brandung, den strammen Wind und die prickelnde Feuchtigkeit auf der Haut.

Brezel stürzt sich regelrecht in die Fluten, erträgt es, wenn das Wasser über seinen Kopf schwappt, und scheint sogar sekundenlang zu tauchen.

Kimba dagegen ist wie ein typischer Ridgeback absolut wasserscheu und zeigt es deutlich, indem er zuverlässig einen Sicherheitsabstand einhält. Aber dann erwischt ihn doch eine unerwartet heftige Welle am Fuß, und er rast weg, als hätte ihm das Wasser Löcher ins Fell gebrannt.

»Schnell, lauf, bring dich in Sicherheit«, rufe ich ihm nach und sehe lachend zu, wie er mit großen Sprüngen über den Sand hüpft und mich nur noch aus der Ferne beobachtet. »Ich dachte, deine Liebe wäre größer als deine Angst, du Lump«, rufe ich übermütig und fühle mich so wohl wie schon lange nicht mehr.

Wir haben einen Bilderbuchtag erwischt. Der Himmel strahlt wolkenlos, und die Temperaturen sind sommermild. Der Wind bläst ziemlich heftig, aber das liebe ich ganz besonders, und so breite ich die Arme aus, drehe mich wie ein Kind um die eigene Achse und laufe zickzack durch den Sand. Zufrieden, selig, ausgeglichen.

»Silvia«, rufe ich, so laut ich kann. »Silvia, das Leben ist schön!«

Doch ich komme nicht weit, denn Kimba hat sofort meine Verfolgung aufgenommen und springt mich von hinten so kräftig an, dass ich bäuchlings in den Sand falle. Lachend versuche ich mich aufzurappeln, aber Kimba findet das auch furchtbar lustig und hüpft deshalb laut bellend auf mir herum. Brezel kläfft mit, und Silvia hat nichts Besseres zu tun, als die ganze Szene mit ihrem Handy zu filmen.

Die Hunde bellen, wir lachen, und das Meer rauscht dazu so schön, dass ich die Welt anhalten möchte, weil es mir so unverschämt gut geht.

Später liegen wir alle auf unserer Picknickdecke, naschen mitgebrachte Kekse, trinken Kaffee aus der Thermoskanne und blicken aufs Meer. Kimba und Brezel beobachten neugierig die Möwen, die stolz am Strand entlangstolzieren, und denken zum Glück nicht daran, sie zu jagen, weil sie wissen, dass ich das nicht mag.

»Ist es nicht herrlich, dass wir hier alle so fröhlich zusammen sind und einfach nur das Leben genießen?«, sage ich in die friedliche Stimmung hinein und male mit meinen Händen Figuren im Sand.

»Oh ja, das habe ich auch gerade gedacht. Mensch, Natalie, wir haben ganz schön was geschafft in den letzten Jahren.«

»Du mehr als ich, meine Liebe. Du hast um dein Leben kämpfen müssen und gewonnen!«

»Wir haben gekämpft. Ohne dich gäbe es mich heute nicht mehr. Da bin ich mir ganz sicher.«

Ich greife jetzt nach Silvias Hand. »Schön, dass du das sagst. Aber ich kann das Kompliment wirklich zurückgeben. Ohne dich gäbe es mich vermutlich auch nicht mehr. Du gibst mir so viel Kraft.«

»Wir halten eben zusammen«, meint Silvia und erwidert meinen Händedruck.

»Erinnerst du dich, wie wir uns kennengelernt haben, damals in der Klinik. Du warst so eine schöne Frau. Ich habe dich bewundert.«

»Und du warst so eine liebenswerte, junge Frau. Ich habe dich gleich in mein Herz geschlossen.«

»Verbunden hat uns die Angst vor dem Leben, Silvia. Wir waren beide Angstpatientinnen und wussten manches Mal nicht, wie wir durch den nächsten Tag kommen sollten …«

»Oh ja, ich erinnere mich gut. Ich habe am Straßenrand in meinem Auto gesessen und war nicht in der Lage, den Wagen noch einen Meter weiter zu fahren. Und das als Außendienstlerin. Das hatte der Druck damals aus mir gemacht.«

»Du bist wenigstens noch ins Auto gekommen. Ich hatte schon Angst, vor die Tür zu gehen.«

»Danach haben wir ausführlich unsere Therapiestunden miteinander besprochen. Wir konnten uns so gut austauschen, weil wir genau wussten, wie sich der andere fühlt. Wer diese schlimmen Ängste nicht kennt, kann das doch gar nicht nachempfinden, was wir durchmachen mussten.«

»Und heute? Sind deine Ängste Geschichte!«, sagt Silvia. »Und meine hoffentlich auch.«

»Geschichte nicht ganz, klar reichen bestimmte Triggerpunkte immer noch, um das Kopfkino anzuwerfen, aber ich kann sofort einhaken und der Angst den Weg verstellen.«

»Stimmt, und jetzt können wir sogar fröhlich an die Nordsee düsen. Wir haben es weit gebracht«, ergänzt Silvia und korrigiert sich dann schnell, »… sagen wir getuckert, Autobahn war ja nicht drin.«

»Ist doch egal. Wir sind da, am Meer. Nur das zählt.«

Und dann legen wir uns auf unsere Decke, sehen träumend in den Himmel, und während Silvia wegnickt, beobachte ich die Wolkenformationen am Himmel und streichle mit der linken Hand Brezel und mit der rechten Kimba.

Es geht mir so gut wie noch nie im Leben.

*

Wir bleiben eine Woche am Meer, und jeder Tag ist wunderbar. Wir laufen durch den Sand, gönnen uns in einem Wellnesshotel Massagen, essen frischen Fisch und hören am Abend Musik, zu der wir ausgelassen tanzen.

Wir zählen die Schiffe, bummeln durch den Hafen und fragen den Fischern Löcher in den Bauch.

Silvia hat einen spannenden Flirt mit einem Pensionsbesitzer, der allerdings abrupt endet, als sie ihn ohne Mütze sieht. Denn jetzt gefällt er ihr gar nicht mehr.

Ich habe abenteuerliche Begegnungen mit Seegras und Krebsen, mit einer Möwe, die ich selbstverständlich Jonathan taufe, und einer Robbe, von der ich leider nur Umrisse erhasche. Denn ich bin viele Stunden am Tag mit meiner Kamera unterwegs. Herauskommen soll ein Bildband, den ich Silvia zur Erinnerung überreichen werde.

Als wir zurückfahren, höre ich mein Lieblingslied von Reinhard Mey, den »Einhandsegler«.

Ich kenne jede Zeile auswendig und summe leise mit. Dieses Lied hat mich schon durch viele Tiefen begleitet, und ich liebe es sehr. Kimba sitzt auf dem Rücksitz und heult passend zur Melodie. Brezel scheint sich die Ohren zuzuhalten, jedenfalls duckt er sich ins Polster, und Silvia schüttelt nur den Kopf über so viel zu Schau gestellte Lebensfreude.

Einmal öffne ich das Fenster und schreie mein Glück heraus. »Angst? Bleib, wo du bist. Wir brauchen dich hier nicht mehr!«

*

Aber mein Leben spielt sich nicht lange auf der Sonnenseite ab. Denn schon bald nach meiner Rückkehr bekomme ich einen traurigen Anruf und der betrifft meine unmittelbare Familie.

In den letzten Jahren hatte ich nur mit Jenny einen regelmäßigen Kontakt. Sie arbeitet mittlerweile in der Sterilisationsabteilung eines Krankenhauses, hat einen Partner, und wenn es passt, sehen wir uns ab und an auf einen Kaffee. Sie hat im Gegensatz zu mir einen lockeren Kontakt zu meiner Familie und erzählt mir manchmal, wie es allen geht. So weiß ich, dass Papa allein lebt, weil seine Leonie ihn verlassen hat. Und ich weiß, dass Fabian eine Lebensgefährtin namens Esther hat und die beiden super glücklich miteinander sind.

Und diese Esther habe ich plötzlich am Telefon, mit einer wirklichen Horrorbotschaft.

Mein großer Bruder Fabian liegt im Koma. Er hatte plötzlich starke Kopfschmerzen bekommen und ist umgefallen. Ein Nachbar hat ihn gefunden. Im Krankenhaus wurde ein Aneurysma diagnostiziert.

Mein Kontakt zu Fabian und den beiden anderen Jungs ist nach den wenigen Kontakten im Jugendamt komplett eingeschlafen. Aber ich liebe meine Brüder, auch wenn wir uns viele

Jahre nicht gesehen haben, und die Nachricht schockt mich zutiefst.

»Kann ich ihn sehen?«, frage ich sogleich.

»Im Moment nicht, aber später bestimmt. Bitte geh nicht allein hin. Sein Anblick tut weh«, sagt Esther. Ihre Stimme wirkt so mutig, so entschlossen. Ich bewundere ihre Kraft.

Ich kann Fabian dann erst ein paar Wochen später besuchen.

Esther hatte mit ihrer Warnung recht. Es ist ein bitterer Anblick. Fabian ist 40 Jahre alt und schafft nichts mehr allein. Er kann sich nicht bewegen, nicht schlucken, nicht einmal atmen. Die Vorstellung, dass er völlig hilflos ist, ist so grausam und die Ärzte wissen nicht, ob sich das jemals ändern wird. Ich bin zutiefst erschüttert.

Aber Not schweißt ja bekanntlich zusammen, und das gilt auch für unsere merkwürdige Familie, denn seit Fabians schlimmem Schicksalsschlag schreiben wir Kinder uns plötzlich häufiger.

Lucas treffe ich sogar einmal in der Klinik. Er strahlt mich überglücklich an. Zehn Jahre haben wir uns nicht gesehen, nehmen uns aber sofort herzlich in den Arm, drücken und küssen uns liebevoll. Ein Miteinander, das guttut. Stolz erzählt er mir, dass er mittlerweile in einem Büro arbeitet und mit seinem Leben ganz zufrieden ist. Ich freue mich so sehr für ihn.

Einmal ist auch Papa in der Klinik, aber obwohl es mir unglaublich erscheint, erzählt er sogar am Bett seines schwerstkranken Sohnes nur von sich. Wie sehr er darunter leide, dass sein Kind krank sei. Ja, ja, er habe es wirklich schwer.

Ich muss hinausgehen.

KAPITEL 10

»Na Kleiner, lauf mal aufrecht. Du weißt doch, dass wir unsere Schultern nicht hängen lassen, zumindest nicht, wenn wir unter Menschen sind!«

Wie jeden Morgen gehe ich mit Kimba und Brezel über die Dinkelauen gleich hinter unserem Haus. Wir laufen dabei über Feldwege und durch Wiesen. Kimba liebt die Strecke und springt normalerweise fröhlich durch das Gras. In manchen Momenten hüpft er wie ein Känguru auf und ab und jault dabei sogar vor Vergnügen.

Brezel ist anders. Ihm ist das Gras zu hoch, und er hält sich lieber auf dem Weg auf, weil es dort für seine kurzen Beinchen keine Hindernisse gibt.

Aber heute schließt sich Kimba dem Kleinen an und trottet fast schon teilnahmslos hinter ihm her. Unsere Morgenroute scheint ihm überhaupt keine Freude zu machen. Anfangs habe ich noch motivierend Stöckchen geworfen und auch seinen lilafarbenen Lieblingsball weit durch die Luft geschleudert.

Aber Kimba hat das alles nicht interessiert. Er ist weiter brav auf dem Weg geblieben und hat mich den Ball allein zurückholen lassen. Schließlich kam mir das alles so komisch vor, dass ich zum letzten Mittel, der persönlichen Ansprache, gegriffen habe.

Ich sitze vor ihm in der Hocke, halte sein Köpfchen in beiden Händen und sehe ihm tief in die Augen.

»Also Kimbilein, was ist los? Möchtest du nach Hause? Oder wollen wir weitergehen?«

Kimba sieht mich an und setzt sich hin. Damit habe ich nicht gerechnet.

»Alles gut, Kleiner. Dann gehen wir eben langsam nach Hause. Man ist ja auch nicht jeden Tag gleich gut drauf, nicht wahr?«

Ich klopfe ihm sanft auf die Schulter und tätschle liebevoll seinen knochigen Rücken.

Er ist mein Mr. Burns geblieben. Unser damals mit Marion angedachtes Aufpäppel-Programm hat nicht funktioniert. Kimba ist immer zu dünn, zu staksig und irgendwie »rodderig« geblieben. Aber ich liebe ihn. Für mich ist er perfekt und wunderschön.

Es ist März, und zum Glück auch um diese Zeit schon recht mild. Eigentlich hätte ich heute eine große Runde gedreht, wäre mindestens eine Stunde mit den beiden Vierbeinern unterwegs gewesen.

Jetzt aber breche ich ab. Kimba geht's offenbar nicht gut. Sein Blick ist ungewöhnlich. So habe ich meinen Hund noch nie erlebt.

»Bestimmt hat er etwas Falsches gegessen«, mutmaßt Silvia, als wir unerwartet zeitig zurückkommen. »Außerdem ist es sehr regnerisch draußen. Du weißt ja, dass er diese Nässe nicht mag.«

Aber ich denke gleich weiter … an Gift.

Denn als ich ihm beim Nachhausekommen über den Bauch gestreichelt habe, war dort eine dicke, ganz harte Stelle.

Seitdem tanzen die schlimmsten Gedanken in meinem Kopf. Ich muss wissen, was los ist. Unruhig tippe ich die Nummer von Ludger Peters, unserem Tierarzt, ins Handy. Noch heute früh, sobald ich mit Marion gesprochen habe, stehe ich bei ihm mit Kimba vor der Tür.

*

»Kimba leidet an einer Spondylose, einer Wirbelsäulenverknöcherung. Dabei verknöchern die Wirbelsäulenzwischenräume, und das Tier wird unbeweglich.«

Dr. Peters hält mir die Röntgenaufnahme hin, auf der ich aber wenig erkenne.

Und obwohl sich das nicht gut anhört, bin ich erleichtert. Denn es ist kein Gift, das steht fest. Die Spondylose ist vermutlich durch Verschleiß bedingt und nicht heilbar, aber Hunde können gut damit leben.

»Daher kommt auch sein etwas staksiger Gang«, erklärt mir der Tierarzt, ein großer, schlanker Mann mit halblangen blonden Haaren. Ich kenne ihn durch Marion, und wir duzen uns. Für mich ist Ludger ein wunderbarer Arzt, weil er so liebevoll mit seinen Patienten umgeht.

»Es kann gut sein, dass er später einmal Probleme bekommt, aufzustehen beziehungsweise sich hinzulegen«, erklärt er mir jetzt weiter. »Aber das kann durchaus noch Jahre dauern. So weit ist die Krankheit bei ihm noch nicht fortgeschritten.«

»Hat er Schmerzen?«, will ich wissen.

»Nicht zwangsläufig«, antwortet Ludger. »Aber du musst ihn beobachten. Wenn er bestimmte Bewegungen hartnäckig verweigert oder bei Berührungen zusammenzuckt, leidet er wahrscheinlich. Ich gebe dir vorsorglich Schmerzmittel mit.«

»Und was ist mit dem Bauch? Das fühlt sich doch komisch an«, frage ich weiter.

Aber Ludger beruhigt mich. »Das wird vom Rücken kommen. Ansonsten geht es Kimba prima.«

Ich bin erleichtert und lächle Ludger dankbar an. »Danke für die Entwarnung. Ich habe schon mit dem Schlimmsten gerechnet.«

Und zu Kimba gebeugt sage ich: »Das bekommen wir hin«, und dann streichle ich ihm aufmunternd über den Kopf.

»Genauso ist es. Geh einfach etwas langsamer, und dann wirst du noch viele Jahre Freude mit Kimba haben.«

Ich bin so erleichtert. Insgeheim hatte ich mir natürlich schon das ganze Horrorprogramm vorgestellt. Aber ich denke ja schnell in Katastrophen-Dimensionen, und als ich abends dann mit Silvia zusammen auf dem Sofa sitze und an einem Glas Wein nippe, nehme ich mir fest vor, künftig nicht immer alles rabenschwarz zu sehen, sondern endlich mal gelassener zu reagieren.

Kimba liegt in seinem Körbchen und schlummert selig. Brezel hat es sich zwischen seinen Pfötchen bequem gemacht und genießt die Nähe des großen Beschützers. Es ist so ein schönes, friedliches Bild: Ich habe eine Arbeit, die mir Freude macht und ein Zuhause, das mir Geborgenheit gibt.

»Warum kann ich nicht einfach mal aufhören, mir ständig die schlimmsten Szenarien auszumalen?«, frage ich Silvia.

Die lächelt wissend. »Das haben wir doch in der Therapie gelernt. Auch wenn es schon länger zurückliegt, sollten wir es nicht vergessen, sondern verinnerlichen, mein Liebe.«

Silvia zeigt mir jetzt spielerisch den Zeigefinger, genauso wie es früher meine Lehrerin immer gemacht hat, wenn ich zuhören sollte, aber mit meinen Gedanken nicht bei der Sache war.

»Grundregel von unserer behandelnden Ärztin: Negative Gedanken einfach abschneiden!«, führt Silvia jetzt aus. »Ich habe es trainiert und beherrsche es inzwischen perfekt.« Sie sieht mich ernst an. »Während meiner schlimmen Krankheit ist mir das sehr zugute gekommen, Natalie. Ich habe immer nur positive Gedanken zugelassen. Das hat mich überleben lassen.«

Ich seufze. Sie hat so recht, aber ich weiß, warum ich ausgerechnet dieses Mal die drohenden Kopfszenarien nicht in den Griff bekomme.

»Und mich hat in den letzten Jahren Kimba überleben lassen«, sage ich und spreche leidenschaftlich und engagiert. »Ihm verdanke ich, dass ich größtenteils meine Ängste unter Kontrolle habe, keine Therapien und keine Medikamente mehr brauche. Nichts. Ich lebe wie alle anderen auch, habe eine tolle Arbeit und fühle mich wohl. All das verdanke ich diesem wunderbaren Hund.«

Mit Tränen in den Augen sehe ich Silvia an und habe Mühe weiterzusprechen. »Die Vorstellung, ihn zu verlieren, bringt mich um und holt auch die Ängste wieder hoch. Wenn das passiert, werde ich wieder ganz am Anfang stehen.«

Silvia nimmt meine Hand. »Aber, Natalie, das verstehe ich doch. Ich weiß, was dir Kimba bedeutet. Aber wir wissen doch jetzt, dass er damit alt werden kann. Es ist alles gut ausgegangen.«

Sie sieht zu Kimba, der immer noch friedlich in seinem

Körbchen schläft. »Sieh doch nur, wie schön er schlummert. Denk nicht daran, wie es sein wird, wenn er einmal nicht mehr da sein wird. Er ist da, basta!«

»Wenn das so leicht wäre …«

»Ist es«, unterbricht sie mich. »Die Vergangenheit können wir nicht ändern, die Zukunft nur bedingt beeinflussen. Was wir gestalten können, ist die Gegenwart. Also, versuch alles, damit sie schön ist.«

Ich muss schmunzeln. Silvia hat ja so recht. Eigentlich ist alles gut. Dank Kimba. Und eigentlich kann ich einfach aufhören, die Dramaqueen zu sein.

Ich streiche Silvia über den Handrücken. »Dank dir für deine klugen Worte. Ich werde sie beherzigen. Ab jetzt ganz bestimmt.«

*

Aus meinem guten Vorhaben wird jedoch nichts. Als ich zwei Wochen später mit Kimba unterwegs bin, fällt mir auf, dass sein Urin dunkelbraun ist. Außerdem rührt er sein »Nachtschmankerl«, das ich ihm jeden Abend vor dem Schlafengehen im Körbchen serviere, nicht an. Stattdessen sieht er mich mit seinen schwarzen Kulleraugen so mitleiderregend an, dass ich mir, mal wieder, sicher bin: Sein Leben ist in Gefahr.

Silvias Appell zu mehr Gelassenheit verpufft. Ich bin genau da, wo ich nicht mehr hinwollte, in einem sich immer schneller drehenden Gedankenkarussell.

Aber während ich mir in der kommenden Zeit die schlimmsten Sorgen mache, hält mein Umfeld mich schlichtweg für hysterisch. Silvia gibt einfach auf und lässt mich mit meiner Schwarzmalerei allein. Ludger, unser Tierarzt, übrigens auch. Denn natürlich rufe ich ihn mehrmals an und erreiche nur, dass ich immer wieder vorbeikommen soll. Auf mein Drängen hin lässt er ein Blutbild machen. Doch das Ergebnis bringt auch keine Klarheit.

»Die Leberwerte sind etwas erhöht, aber es gibt keine Hinweise darauf, warum das so ist. Auf dem Röntgenbild ist nichts zu erkennen«, crfahre ich schließlich und bin enttäuscht.

»Vermutlich interpretierst du zu viel in Kimbas Blicke hinein«, versucht Silvia mich zu beruhigen, und eine Zeit lang gelingt ihr das auch.

Aber Kimba wird immer müder und macht schon nach immer kürzerer Strecke schlapp. Ich bin mir sicher, dass etwas anderes dahintersteckt, aber auch Ludgers Kollegin entdeckt nichts. Der dritte Tierarzt, den ich besorgt anspreche, empfiehlt nur, die Schmerztabletten-Dosis zu verdoppeln.

Mir reicht das alles nicht mehr. Denn mittlerweile ist es Mai und mein Kimba ein völlig anderer Hund geworden. Er spielt kaum noch, liegt fast nur noch in seinem Körbchen und frisst mittlerweile so gut wie nichts mehr. Er sieht aus wie der traurige Schatten eines Ridgebacks.

»Etwas stimmt nicht«, sage ich immer wieder zu Silvia und bitte auch Marion mehrmals, nach Kimba zu schauen. Sie ist zwar keine Veterinärin, kennt sich aber prima aus mit Hunden.

Aber auch sie steigt nicht auf meine Sorgen ein. »Die Spondylose setzt ihm zu. Versuche es mal mit alternativen Mitteln gegen die Beschwerden.«

Eine Bekannte empfiehlt mir, ihn mit Weihrauchöl zu massieren, und Kimba scheint das auch zu mögen, zumindest tut es ihm gut. Ludgers Praxiskollegin macht noch einmal ein Blutbild. Dabei kommt wieder nichts als erhöhte Leberwerte heraus.

Und jetzt? Ich bin ratlos. Egal, was ich unternehme, Kimba wird nicht wieder der Alte, und ich fahre mit Silvia erneut zu Ludger, der mir aber wieder nicht wirklich helfen kann.

»Wenn du Genaueres wissen möchtest, melde ich dich in einer Tierklinik in Borken an«, empfiehlt er schließlich.

Ich will!

Auf der Rückfahrt sitze ich hinten und halte Kimba im Arm. Er sieht mich mit seinen großen braunen Kulleraugen an, und ich finde nach wie vor, dass sie traurig wirken.

»Na, mein Kleiner, du machst mir wirklich Kummer«, murmle ich leise, und Kimba scheint meine Sorge zu verstehen. Denn er legt mir sein Pfötchen auf den Arm und leckt sanft meine Hand. Aber zum ersten Mal in all den Jahren weiß ich nicht, wie ich das deuten soll.

*

Noch sechs Tage bis zum Kliniktermin – und für mich vergeht die Zeit überhaupt nicht. Mein Kopfkino läuft rund um die Uhr, und ständig kämpfen zwei Stimmen miteinander. Auf der einen Seite verbreitet die »Panikstimme« Horrormeldungen wie »Kimba ist schwerkrank«, auf der anderen säuselt die »Positivstimme« dann »Alles ist gut, mach dich bloß nicht verrückt«. Dazwischen gibt's eigentlich nichts mehr. Dieses ständige Rauf und Runter belastet mich sehr. Ich schlafe schlecht, weine viel und bin froh, wenn ich zur Arbeit gehen kann, weil mich das ablenkt.

Silvia lädt mich abends immer auf unser Fernsehsofa ein und versucht, mich auf andere Gedanken zu bringen. Sie schaltet dann einen Krimi ein und stellt uns leckere Nüsse oder selbst gemachte Säfte hin.

Aber egal, was sie versucht, die Sorge um Kimbas Gesundheit lässt mich nicht zur Ruhe kommen. Lange halte ich das Hin und Her nicht mehr aus. Ich sehne den Kliniktermin herbei, obwohl ich ihn eigentlich auch fürchte.

Als wir uns an einem strahlend schönen Junitag endlich auf den Weg in die Klinik machen, bin ich allerdings gut gelaunt. Silvia fährt, Kimba sitzt hinten entspannt auf dem Rücksitz. Brezel ist bei Silvias Tochter. Wir hören mal wieder mein Lieblingslied von Reinhard Mey, den »Einhandsegler«, von dem auch Silvia mittlerweile den Text auswendig kennt. Dieses Mal singen wir gemeinsam den Refrain laut mit. Wir lachen und albern herum, und ich stemme mich mit meinem Verhalten ganz bewusst gegen das Schicksal. Zwischendurch fasse ich immer mal nach hinten und tätschle Kimba, der neugierig beobachtet, ob irgendwo draußen auf den Straßen ein Hund auftaucht. Dann setzt er sich kerzengerade hin und beginnt seinen Artgenossen aus dem Auto heraus anzukläffen. Das hat er schon von klein auf gemacht, und ich zucke immer zusammen, wenn er aus heiterem Himmel »herumstänkert«.

»So benimmt sich doch kein kranker Hund«, sage ich zu Silvia und habe mich schon lange nicht mehr so gefreut, wenn er jault, bellt und fiept.

»Er muss ja auch nicht krank sein«, beruhigt mich Silvia jetzt. »Wir waren mehrmals beim Tierarzt und haben jedes Mal unterschiedliche Ergebnisse gehabt. Vielleicht hören wir heute, dass alles überflüssig war, und er einfach nur besonders sensibel ist.«

Silvia hat recht. Vielleicht entpuppt sich alles als Fehlalarm, und wir fahren dann fröhlich und erleichtert zurück nach Hause. Ein teurer Fehlalarm zwar, aber egal. Wenigstens müsste ich mir in dem Fall keine Sorgen mehr machen.

*

»Kommen Sie bitte. Ich möchte Ihnen etwas zeigen!«

Klinikarzt Dr. Winter, ein kleiner, etwas untersetzter Mann um die 50, steht in seiner Praxistür und bittet Silvia und mich hinein. Seit drei Stunden sind wir jetzt schon in der Klinik, und Kimba ist dieses Mal wirklich gründlich durchgecheckt worden. Lieb und geduldig hat er alles über sich ergehen lassen.

Kimba geht nun auch artig neben mir her und legt sich zu meinen Füßen. Er wirkt müde und erschöpft, die Untersuchungen haben ihn sichtlich angestrengt.

Im Behandlungszimmer hängt ein großer Bildschirm an der Wand. Ich erkenne eine Ultraschallaufnahme, kann sie aber nicht deuten.

»Liebe Frau Schunicht, wir haben Kimba erneut genau untersucht«, meint der Arzt und zeigt mit dem Zeigefinger auf den Bildschirm.

»Hier sehen Sie Kimbas Rippenbogen, das Herz, die Leber. Und da … können Sie das erkennen?« Er sieht mich fragend an.

Ich schüttle den Kopf. »Kaum, es ist ja alles dunkel.«

»Ja, das stimmt, und genau das ist das Problem. Kimba hat einen großen Lebertumor.«

»Aber der ist ja größer als die Leber!«, sage ich stockend.

»Ja, das ist wirklich ganz ungewöhnlich. Aber das erklärt auch die Verhärtung im Bauch, von der Sie gesprochen haben.«

Er rutscht jetzt mit dem Finger etwas zur Seite.

»Sehen Sie hier, das entspricht ungefähr der Stelle, die sie ertastet haben. Es ist der Tumor.«

Ich starre auf das Bild und fühle – nichts. Wirklich nichts. Ich bin starr, bewegungsunfähig, nicht in der Lage, irgendetwas zu sagen.

»Wie können wir ihm denn helfen? Hat er eine Chance?«, fragt Silvia in die Stille hinein. Sie kennt mich gut, weiß, dass ich jetzt Zeit brauche.

Dr. Winter sieht uns an.

»Kommen Sie, wir besprechen das«, meint er und zeigt mit der Hand auf die Sitzecke am Fenster. »Nehmen Sie dort Platz bitte.«

Er hat sich kaum gesetzt, als er meine Frage aufnimmt. »Hat er eine Chance? Eine sichere Antwort können wir Menschen nicht geben. Wir haben nur Erfahrungen.«

»Und was sagen die im Fall Kimbas? Hat er eine Chance?«, fragt Silvia erneut.

»Wir können Kimba mit einer Chemo behandeln und später den Tumor herausoperieren. Wir haben auch lindernde Naturheilverfahren …«

»Ich dachte immer, Leberkrebs ist nicht heilbar«, meint Silvia.

»Das stimmt, aber man kann versuchen, sein Leben zu verlängern.«

Chemotherapie, Operation, mir schwirrt der Kopf.

»Wie lange hat er denn noch?«, versuche ich das Gespräch abzukürzen. Etwas in mir sagt: Das war es für meinen geliebten Hund.

Dr. Winter lächelt mich milde an.

»Das kann ich Ihnen nicht sagen. Aber nach unseren Erfahrungen können es höchstens ein paar Wochen sein, vielleicht auch nur Tage. In dem Stadium kann es jederzeit zu Komplikationen kommen.«

Ich wusste es, denke ich. Ich habe mich nicht getäuscht. Mein Kimba, mein Seelenhund, mein Ein und Alles ist sterbenskrank. Ich habe es geahnt, gespürt.

»Was würden Sie tun, wenn es Ihr Hund wäre?«, frage ich spontan.

Dr. Winter atmet tief durch. Er zögert mit der Antwort. Dann sieht er mich ruhig an.

»Ich würde ihn erlösen!«

»Einschläfern!«, platzt es aus mir heraus. »Kimba muss also eingeschläfert werden!«

Er nickt. »Ja, ich würde es tun. Dem Tier zuliebe. Aber Sie müssen das entscheiden.«

Hätte mir heute früh jemand gesagt, dass ich meinen Liebling verlieren werde, ich hätte nicht gewusst, wie ich reagiert hätte. Mit Panik, Geschrei, Verzweiflung. Ich weiß es nicht. Aber niemals hätte ich gedacht, dass ich einfach sitzen bleibe, zuhöre und nachdenke.

Ich bin überrascht, wie ruhig und besonnen mich die Liebe zu diesem Hund gemacht hat. Natürlich klopft mein Herz, aber ich habe keine Angst zusammenzubrechen.

Ich darf nämlich nicht zusammenbrechen, weil mein Hund mich braucht.

Kimba war fünf Jahre für mich da. Ich verdanke ihm, dass ich wieder Mut und Kraft habe und dass ich voller Zuversicht in die Zukunft sehe. Aber jetzt geht es nicht um mich. Jetzt geht es um ihn, und ich brauche meine ganze Kraft und Aufmerksamkeit, um für ihn die richtige Entscheidung zu treffen.

»Ich möchte gern darüber nachdenken«, sage ich und bin erneut überrascht, wie selbstbewusst und sicher meine Stimme klingt. Ich wachse über mich hinaus und fühle mich stark wie nie.

Ich nicke Dr. Winter zu. »Vielen Dank für Ihre Mühe und auch für Ihre persönliche Einschätzung. Ich möchte das alles jetzt überschlafen.«

»Das ist auf jeden Fall richtig«, bestätigt mich der Arzt.

Zum Abschied streichelt er Kimba noch schnell über den Kopf, und allein für diese liebevolle Geste mag ich ihn.

Da sitzt er auf seiner Decke, aufrecht und stolz. Auf den ersten Blick wirkt er kerngesund. Wenn da nicht die trüben Augen wären, in denen ich eine tiefe Müdigkeit zu sehen glaube. Ob Kimba weiß, dass er sterbenskrank ist? Ob er mir sagen möchte: Es reicht, lass mich gehen?

Sein Blick trifft mich ins Herz, und als ich seine Leine abbinde, um ihn mitzunehmen, tropfen meine Tränen auf sein Fell …

*

Auf der Rückfahrt sprechen Silvia und ich wenig. Kimba hält dieses Mal nicht, wie sonst immer, Ausschau nach Hunden auf der Straße, sondern liegt wimmernd auf der Rückbank. Die

Untersuchungen müssen sehr schmerzhaft für ihn gewesen sein. Ich halte seinen Kopf und streichele sanft seinen Bauch.

»Wie geht es dir?«, will Silvia wissen.

»Ich weiß es nicht«, sage ich knapp. »Weißt du, Silvia, ich denke nicht darüber nach … Was machen wir mir Kimba? Würdest du ihn einfach einschläfern?«

»Einfach ist die Entscheidung nicht, aber ich glaube, dass es das Beste ist. Der Tumor ist kindskopfgroß. Das muss er immer spüren. Er muss Schmerzen haben. Bei der Größe kann es nicht anders sein.«

»Und wieder gesund werden, kann er das?«

Ich sehe Silvia gespannt von der Seite aus an.

»Nein, das hat der Arzt ja ausgeschlossen. Leberkrebs ist nicht heilbar. Man kann ihn aufhalten, aber um welchen Preis. Er würde die letzten Wochen seines Lebens zwischen Behandlungspraxen und Körbchen verbringen. Statt auf einer Wiese zu tollen, würde er zu Hause liegen, vermutlich mit Schmerzen.«

Silvia spricht leise und besonnen.

»Vollgepumpt mit Schmerzmitteln würde er vor sich hin vegetieren. Nein, das arme Tier. Er tut mir so unendlich leid. Das kann es doch nicht sein.«

»Also ja, du würdest ihn einschläfern?«, hake ich nach. Mein Blick fixiert Silvia. »Sag mir bitte, ob es das ist!«

Silvia erwidert erst nichts, nickt dann aber. Ich sehe, dass sie mit den Tränen kämpft und eine Pause braucht, bevor sie weiterspricht.

»Ja, Natalie, ich würde das tun. So schlimm das ist. Auch für dich würde ich das tun. Du kannst nicht mitansehen, wie dieses Tier, das du so liebst, wochenlang leidet.«

Ich stelle die Musik an, höre wieder meinen Lieblingssong von Reinhard Mey. Ich singe den Text mit, so laut ich kann, und versuche damit, gegen den Schmerz anzukommen. Aber er geht nicht weg, er bleibt, doch das Singen hilft mir, ihn auszuhalten.

Irgendwann drücke ich auf den Ausknopf und nehme das Handy. Ich rufe Petra an, die ich bei Marion kennengelernt habe und mit der ich seither gut befreundet bin. Sie lebt mit ihrem Freund in einem kleinen münsterländischen Dorf und hat einen riesengroßen Garten mit herrlich altem Baumbestand. Unter einem der dicken Wallnussbäume hat sie ihren Hund Max begraben, einen Schäferhund-Mischling. Er ist vor zwei Jahren gestorben, und ich war dabei. Jetzt will ich sie etwas fragen.

Als Petra sich meldet, ist meine Stimme belegt. Ich muss erst kräftig schlucken, bevor ich sprechen kann. Petra weiß, dass ich heute in der Klinik war, und deshalb muss ich ihr nicht viel erklären.

Ich rede dann auch nicht lange herum, sondern sage nach kurzer Einleitung, was ich auf dem Herzen habe.

»Darf Kimba bei dir sterben?«

»So schlimm? Meine Güte, das tut mir leid!« Petras Stimme klingt mitfühlend. »Magst du sagen, was er hat?«

»Natürlich, es ist Leberkrebs. Es gibt keine Chance mehr für ihn.«

Ich spreche ruhig, fast schon sachlich. »Ich denke oft an Max' Beerdigung. Darf ich Kimba neben ihm beerdigen, Petra?«

»Ja natürlich, wann denn?«, reagiert sie prompt.

»Heute!«

»Heute!«, fährt Silvia jetzt dazwischen. »Wieso denn nicht später?«

»Heute!«, wiederhole ich den Termin. »Ich möchte nicht, dass er noch weiter leiden muss. Er hat schwarzen Kot, dunkelbraunen Urin und einen angeschwollenen Bauch und hat furchtbar gejault, als man ihn auf den Behandlungstisch gelegt hat. Was soll er denn noch aushalten?«

Silvia nickt.

»Man kann ihm nicht mehr helfen. Das habe ich kapiert!«, rede ich weiter, während Petra am anderen Ende der Leitung keinen Mucks sagt.

»Um wie viel Uhr dürfen wir kommen?« frage ich jetzt.

»Könnt ihr um 18 Uhr da sein, passt das? Dann bitte ich Torsten, eine Grube auszuheben, in Ordnung?«

Bei dem Wort »Grube« ist es aus mit meiner Beherrschung. Die Tränen schießen mir so massiv in die Augen, dass sie wie Bäche über mein Gesicht laufen. Ich habe Mühe zu sprechen und kann nur noch »Bis gleich« zu Petra sagen.

Silvia hat den Wagen währenddessen auf den Standstreifen gesteuert. Und nimmt mich jetzt in den Arm.

»Komm mal her, meine Kleine. ›Heute‹ ist für mich jetzt überraschend gewesen, aber es ist die richtige Entscheidung. Du beruhigst dich jetzt erst mal etwas, und dann rufen wir Ludger an und bitten ihn, zu Petra zu kommen.«

Ich nicke.

»Soll ich das machen? Magst du nicht mehr sprechen?«

Ich lege mein Gesicht in beide Hände und weine bitterlich. Kimba, ein Leben ohne Kimba – ich kann es mir nicht einmal vorstellen.

Doch dann schüttele ich den Kopf.

»Ich mache das«, sage ich leise. Ich organisiere den Tod meines Seelenhundes, des Lebewesens, das mich gelehrt hat, zu lieben und zu vertrauen. Niemand anderes.

Kimba hat mir die Angst vor dem Leben genommen. Er hat mir gezeigt, wie schön es draußen in der Natur ist und dass es Spaß macht, mit fremden Menschen zu sprechen. Kimba und ich, wir haben uns gemeinsam das Leben ertapst. Er war äußerlich schmächtig und hilflos, ich war innerlich klein und hilflos. Gemeinsam haben wir uns auf eine abenteuerliche Reise gemacht und mit vorsichtigen, unsicheren Schritten das Leben erkundet.

Wir haben gemeinsam die Jahreszeiten erlebt, den ersten Schnee, den ersten Frost, die ersten warmen Sommerabende. Wir haben im Wasser geplanscht und uns im heißen Sommerwind trocknen lassen. Wir wollten immer weiter und höher und um jede Ecke gucken. Wir waren neugierig auf jeden neuen Tag. Kimba wollte sich sein Revier erobern als Junghund, und ich wollte das Leben kennenlernen, ohne Angst. Wir hatten ein Ziel: ein schönes Leben, und haben uns gegenseitig die Kraft gegeben, unsere Ziele und Träume wahr werden zu lassen.

Wir konnten uns zu hundert Prozent aufeinander verlassen, und sind als Team unterwegs gewesen. Die Sicherheit, die Geborgenheit, das Gefühl, nie allein zu sein, hat uns stark und kämpferisch und furchtlos gemacht.

Kimba ist schließlich keinem Hund mehr ausgewichen, sondern immer stark und aufrecht den Bürgersteig entlanggegangen, stolz und selbstbewusst. Ich habe mir diese Haltung abgeguckt und bin genauso stolz und aufrecht neben ihm hermarschiert. Wir haben uns geliebt und vertraut, und das Gefühl, nie mehr allein zu sein, hat uns stark gemacht.

Und nun zerschmettert das Schicksal unser schönes gemeinsames Leben, und wie bei einer Explosion bleibt bald nur noch ein Trümmerfeld zurück.

Ich werde Jahre brauchen, um die Trümmer wieder wegzuräumen. Wobei ich unsicher bin, ob mir das überhaupt gelingen wird.

Und noch etwas lastet auf mir. Ich werde bald wieder allein sein. Wird dann alles so wie früher? Kommt dann die Angst zurück?

Ich sehe zu Kimba, der immer noch friedlich auf dem Rücksitz schläft, und tippe Ludgers Nummer ein.

»Du wirst nicht umsonst gelebt haben! Das verspreche ich dir!«

*

Petra, eine schmale Frau in meinem Alter mit halblangen blonden Haaren, hat uns Kaffee und Wasser hingestellt, ein paar Nüsse und Kekse. Wir sitzen auf ihrer Terrasse, Silvia, Petras Freund Torsten, der mich mit seinen halblangen Haaren immer an einen Surfer erinnert, und ich.

Kimba liegt zu meinen Füßen. Es ist komisch, aber zum ersten Mal hatte er gerade Mühe, aus dem Auto zu kommen. Er jaulte sogar herzzerreißend auf.

»Ob bei einer der vielen Untersuchungen ein Gefäß geplatzt ist?«, mutmaßt Silvia.

»Es kann auch sein, dass der Tumor auf einen Nerv drückt«, spekuliert Petra.

Alles ist möglich. Jedenfalls ist der Kimba von heute Nachmittag nicht vergleichbar mit dem Kimba von heute früh. Er ist fast schon unsicher neben mir hergetapst, hat sich auch sofort auf die Seite gelegt und wirkt jetzt sogar ungewöhnlich verdreht.

»Das Tier ist schwerkrank, Natalie«, meint Torsten. »Er hat so trübe Augen.«

Ich sitze da und fixiere den großen Kastanienbaum am Ende des Gartens. Darunter steht eine Bank, und daneben erkenne ich einen Haufen frischer Erde. Die Grube. Das Grab für meinen Kimba.

Was ist das für eine unfassbar grausame Situation. Ich trinke auf der Terrasse meiner Freundin Kaffee und bereite das Ende meines Hundes vor.

Ich möchte ausrasten, schreien, meinen Schmerz hinausbrüllen. Ich möchte mich auf meinen Hund werfen, ihn festhalten und schützen vor jedem, der ihm wehtun will.

Aber ich mache nichts von alldem. Ich sitze da, nippe abwechselnd an einem Wasser und der Tasse Kaffee und warte auf den Tierarzt. Es ist schlimmer als in einem Albtraum und doch gleichzeitig so real.

Real, weil ich ganz im Hier und Jetzt bin. Vielleicht zum ersten Mal in meinem Leben.

Ich habe endlich kapiert, dass ich mich nicht mehr wegducken kann vor den Realitäten und mich auch nicht in Ängste flüchten kann. Das kostet nur Zeit und Mühe, denn es wird niemand kommen, der mir die unangenehmen Dinge abnimmt. Ich muss mich dem fortan gleich stellen, jetzt, morgen, einfach immer.

Ich habe verstanden, dass ich mir das Leben und die Zukunft verstelle, wenn ich den Traumata meiner Jugend weiterhin Raum gebe. Und ich weiß, dass nur ich das Drehbuch meines Lebens schreiben kann, das habe ich nun endlich kapiert.

Die Angst verstellt den Blick. Um diesen Tag durchzustehen und zu Ende zu bringen, was ansteht, ist Angst nicht nur störend, sondern abwegig.

»Ach, Natalie, dass es so schlimm ist, habe ich nicht erwartet.«

Ludger ist gekommen und hat einen kleinen schwarzen Koffer in der Hand.

Mitfühlend kommt er auf mich zu, streicht mir über die Schulter, bevor er sich zu Kimba hinunterbeugt und ihm liebevoll den Kopf tätschelt.

»Na, Kleiner, du bist ein tapferer Kerl«, murmelt er.

Ich mag diesen Arzt, weil er so liebevoll und herzlich mit den Tieren umgeht – und auch mit mir. Denn er setzt sich erst einmal zu uns und nimmt sich Zeit für einen Kaffee. Gut, er hat nicht alle Möglichkeiten ausgeschöpft, um das ganze grausame Ausmaß der Krankheit früher entdecken zu können, aber ich glaube nicht, dass es etwas geändert hätte. So hatte Kimba wenigstens noch einige halbwegs schöne Monate. Allein das zählt.

»Weißt du, Natalie, ich habe noch einmal mit der Klinik gesprochen. Du machst das Richtige. Kimba hat wirklich keine Chance mehr, und so wie mir Dr. Winter gesagt hat, würden nur noch quälende Tage, höchstens Wochen vor ihm liegen. Es ist richtig, ihn gehen zu lassen.«

Die Sätze tun mir gut, aber sie lösen auch eine tiefe Trauer in mir aus. Ich werde Kimba verlieren. Das tut so weh.

Ich sehe meinen geliebten Hund an, der jetzt schwer atmend zu meinen Füßen auf einer Decke kauert, und halte es nicht mehr länger aus. Der tiefsitzende Schmerz fühlt sich an wie eine gewaltige Wunde in meiner Brust und wirkt gleichzeitig wie eine Betäubung, die meinen Kopf lahmlegt. Meine Gedanken rasen nicht mehr wie vorhin, sie holpern nun im Zeitlupentempo.

Mit wackligen Beinen wanke ich den Garten hinunter zum Baum und sehe aus den Augenwinkeln, dass Kimba mir wie selbstverständlich folgt. Im Schatten der Kastanie bleibe ich stehen, setze mich ins Gras und warte auf ihn, der zum letzten Mal in seinem Hundeleben auf mich zukommt und sich fast schon hilfesuchend an mich kuschelt.

Er fühlt sich offensichtlich sehr schwach und sucht meine Nähe. Ich lege mich zu ihm, ganz eng, ganz innig, unzertrennlich, schlinge meine Arme um ihn und schmiege mein Gesicht in sein warmes Fell. Kimba fühlt sich wohl in meiner Nähe. Wohl und sicher, denn sein Herz pumpt ganz ruhig. Die Vorstellung, dass es gleich nicht mehr schlagen wird, nimmt mir fast die Kraft zu atmen.

So viele Bilder tauchen jetzt in meinem Kopf auf.

»Sitz!« Kimba steht vor mir und versteht mal wieder nicht, was ich von ihm will. Ich wedle mit einem Leckerli, das er mir mit einem Satz aus der Hand reißt und schwanzwedelnd hinunterschluckt.

»Das wird nichts«, kichert Silvia. »Er hat einfach keine Lust, sich hinzusetzen!«

»Aber Lust auf Leckerlis hat er reichlich!«, sage ich, und dann sehe ich zu Kimba und rufe lachend: »Dann bleib doch einfach stehen, du sturer Esel. Kannst du mir nicht einmal das Gefühl geben, dass du gehorchst?!«

Ja, so waren unsere Anfangstage: Kimba und gehorchen, das war zweierlei, und er war mir auch in diesem Punkt so ähnlich. Er war immer ein kleiner Trotzkopf, und ich glaube, er hat immer nur gehorcht, um mir eine Freude zu machen, damit ich mich gut fühle.

»Na los, das Wasser ist nicht zu kalt!« Wir sind mit Silvia an der Nordsee, die Sonne strahlt, und am Himmel kräuseln sich nur ein paar Wolken. Ich möchte ins Meer, aber Kimba bleibt am Ufer stehen, dickköpfig wie immer, und ekelt sich davor, dass seine Füße nass werden.

»Komm bitte, wir schwimmen zusammen!«, rufe ich ihm zu. Aber Kimba steht und steht und steht wie festgewachsen. Er denkt nicht daran, ins Meer zu gehen. Er hasst Wasser.

Was er nicht hasst, ist mein Müll.

»Sag mal, ich glaub's nicht«, rufe ich entsetzt. Ich habe soeben die Haustür aufgeschlossen, stehe jetzt im Flur, und Kimba begrüßt mich mit einem Joghurtbecher am Ohr. Des Rätsels Lösung habe ich sofort: Ich Dussel hatte am frühen Morgen vergessen, die schon bereitgestellten Müllbeutel mit hinauszunehmen. Deshalb hat sich Kimba in Mülltrennung versucht, und das gleich in unserer kompletten Wohnung. So intensiv, dass ausgeleckte Joghurtbecher nicht nur am Ohr hängen, sondern auch auf Sofas und Teppichen liegen, dazu kommen Feuchttücher und Essensreste, verklebte Obsttüten und krümelnde Kekspackungen. Der Abend ist gerettet. Ich muss nicht mehr nachdenken, was ich außer putzen noch anstellen kann.

»Du bist ein eigensinniges Exemplar, unberechenbar, deshalb liebe ich dich auch so«, flüstere ich ihm jetzt ins Ohr.

Schnapp. Ludger macht den Koffer auf. Ich höre, wie er eine Ampulle öffnet, und aus den Augenwinkeln heraus sehe ich, wie er eine Spritze aufzieht.

Die Luft ist sommermild, und die Sonne bricht sich in den Ästen der großen Kastanie und zaubert ein Lichtspiel auf

Kimbas Gesicht. Er liegt friedlich auf der Seite und genießt die Wärme nah bei mir.

»Wir haben viele wunderbare Erlebnisse gehabt, erinnerst du dich?«, flüstere ich meinem treuen Begleiter ins Ohr. »Am schönsten waren die Abende, wenn wir zusammen unter der Decke auf dem Sofa lagen und vor dem Fernseher gedöst haben. Das mochtest du doch auch immer so gern, nicht wahr?«

Ich sehe ihm noch einmal fest in die Augen und sage mit brechender Stimme: »Ich liebe dich, wie man ein Tier nur lieben kann, und ich werde dich nie, nie vergessen, hörst du?«

Ich habe so viele Stunden in meinem Leben mit meinem Hund gesprochen, ihm meine Ängste und Nöte anvertraut, und ich weiß, dass er mich verstanden hat. Er wusste immer, wie ich mich fühlte – und er wird es auch jetzt spüren.

Meine Stimme klingt rau, weil mir die Tränen kommen, und ich blicke einen kurzen Moment zur Seite, damit Kimba meine Erschütterung nicht sieht.

Wir waren all die Jahre ein Dreamteam, und deshalb treffe ich diese letzte Entscheidung jetzt auch nicht allein. Kimba soll wissen, was mit ihm passiert, und er soll »sagen«, was er sich wünscht.

»Bist du bereit loszulassen? Oder sollen wir noch warten?«, frage ich nach der kurzen Verschnaufpause wieder mit fester Stimme.

Und dann kommt etwas, das mein Herz fast zerspringen lässt.

Kimba legt sein Pfötchen auf meinen Arm, so wie er es immer getan hat, wenn wir einer Meinung waren.

Ich nehme es fest in meine Hand, streichle mit den Daumen über die Oberseite.

»Pass weiter auf mich auf, hörst du, Kleiner. Du kannst im Himmel nicht nur träumen. Du hast weiterhin einen Job, vergiss das nicht.«

Ich schaue über die Schulter zu Ludger. Der hält die Spritze bereit.

Die Vögel zwitschern ihre schönsten Lieder, und ein Blatt löst sich vom Baum und schwebt zu uns auf den Boden. Ein Zeichen?

Ich nicke und vergrabe mein Gesicht in Kimbas Hals. Sein Herz schlägt ganz ruhig, bumm, bumm, bumm.

Ich warte, dass mein Hund stirbt. Der Hund, dem ich mein neues Leben verdanke. Wie grausam ist das hier alles. Aus.

KAPITEL 11

Der Schmerz ist unsäglich. Ich fühle, dass mein Herz in Stücke zerbrochen ist. Mein ganzes Inneres ist wie eine große, brennende Wunde.

Ich sehe, wie Torsten und Ludger Kimba in die Grube legen. Silvia hat einen hübschen Strauß mit Sommerblumen gepflückt und legt ihn sanft auf seinen in eine Decke eingepackten Körper.

Ich drehe mich im Gras auf den Rücken, sehe die Wolken am Himmel vorüberziehen und höre, wie Erde geschaufelt wird. Sie wird Kimbas Körper bedecken. Wenn ich noch einen Blick auf ihn werfen will, muss ich jetzt hinsehen.

Will ich? Nein, lieber nicht. Ich will ihn so in Erinnerung behalten, wie er war: mit seinem etwas zerknirschten Gesicht, immer ein bisschen zu dünn, immer ein bisschen zu staksig. Für mich war er der schönste Hund der Welt!

Ich halte meine Augen geschlossen und versuche, den bohrenden Schmerz tapfer auszuhalten. Ich lausche den Vögeln, spüre den Wind, höre auf das Rascheln der Kastanienblätter und denke an die Zeit, die ich mit diesem wunderbaren Tier hatte.

Wieder und wieder flackern Erinnerungen auf. Meine erste Begegnung in der Wurfkiste, der erste Spaziergang im Schnee, das Weihnachtsfest, als er einen Kauknochen auspacken musste und eine Riesensauerei angerichtet hat. Der Tag, an dem er meinen Geburtstagskuchen vom Tisch gerissen und genüsslich in der Küche verspeist hat, zumindest die eine Hälfte, die andere klebte auf dem Boden, gemixt mit seinem Speichel.

Ich denke an die vielen Spaziergänge entlang der Dinkel, bei denen er vor Freude wie ein Häschen auf- und absprang. Mein Kimba, du warst mein Sechser im Lotto.

Ich bin tief in Gedanken versunken und bemerke nicht, dass ich längst allein bin. Silvia und Petra, Torsten und Ludger, sie sind alle weg.

Ich stemme mich langsam hoch, gehe zum Grab. Es ist geschlossen. Die Vorstellung, dass Kimba unter der Erde liegt, tut mir nicht gut.

»Quälende Gedanken muss man abschneiden!« Der Satz meiner Therapeutin, den ich jahrelang geübt habe, schießt mir jetzt durch den Kopf. Ich will es mir nicht vorstellen. Ich schneide den Gedanken daran ab. Sofort.

Eigentlich müsste ich nun Herzrasen bekommen und wackelige Knie. Ich müsste Atemnot verspüren und eine schlimme Angst, die mir die Luft komplett abzuschnüren droht.

Ich würde mich in eine Ecke setzen und müsste mich weigern, aufzustehen, und dürfte schon gar nicht nachher ins Auto steigen.

Aber nichts dergleichen passiert. Ich versuche, ruhig zu atmen, um den Schmerz in meiner Brust auszuhalten, und gehe aufrecht durch den Garten zur Terrasse, auf der die anderen sitzen und mich traurig ansehen.

»Silvia, wir müssen Brezel holen. Wollen wir?«, sage ich

laut, und in meinem Kopf hämmert dieses Mal etwas anderes. »Schneide die Gedanken ab.« Kimba ist fort. *Zapp*. Kimba kommt nicht wieder. *Zapp*. Du bist allein. *Zapp*.

Ich will es schaffen. Ich will stark sein. Kimba sieht von oben zu, und er soll stolz auf mich sein.

*

»Du musst etwas essen, Natalie!«

Silvia stellt mir ein leckeres Müsli auf den Esstisch, dazu einen köstlich duftenden Kaffee. »Hier, damit du zu Kräften kommst.«

Ich atme tief durch und sehe sie gequält an. Seit fünf Uhr sitze ich schon auf der Terrasse und sehe den Vögeln zu, die im Garten fröhlich in den Bäumen flattern. Ich konnte nicht schlafen und mochte mich auch nicht mehr hin und her wälzen. In der Nacht musste ich immer auf Kimbas Körbchen starren, das leer unter meinem Schlafzimmerfenster stand. Das Bild konnte ich nicht mehr ertragen. Also habe ich mir meine Decke geschnappt und mich auf unser Gartensofa gelegt und einfach nur die Zeit abgewartet, bis es hell wurde.

Natürlich drehten sich meine Gedanken um Kimba, und ich habe es auch zugelassen. Erinnern ist ein Teil des Trauerprozesses. Das weiß ich von meiner Therapeutin, und so gesteuert tut es mir gut.

Jetzt rückt Silvia den Tisch näher heran, legt einen Löffel und eine Serviette dazu.

»Nun komm schon, es ist sieben Uhr. Zeit für dein Frühstück!«

Essen? Ich habe keinen Appetit. Heißer Kaffee? Ja gern, er beruhigt meinen aufgewühlten Magen.

Aber Zeit für ein Frühstück ist heute noch genug. Eigentlich gehe ich um diese Zeit immer mit den Hunden raus und drehe meine Morgen-Tour. Doch Brezel schläft noch selig in seinem Körbchen. Anders als Kimba ist er kein Frühaufsteher, sondern döst gern gemütlich in den Tag. Ich brauche mich also jetzt nicht mehr frühmorgens zu sputen, um pünktlich um acht Uhr bei Marion zu sein. Ich habe Zeit, viel Zeit.

»Natalie, komm jetzt. Iss etwas, und dann gehst du nur kurz raus, wenn du magst. Ich kann aber auch mit Brezel gehen. Wie es gut für dich ist.«

Meine Güte, sie ist so unendlich bemüht um mich. Ich genieße diese Zuwendung. Sie umwickelt meine wunde Seele wie ein Pflaster.

»Setz dich zu mir, bitte. Ich möchte dir etwas sagen.«

Silvia sieht mich überrascht an.

»Warte, ich hole mir schnell auch einen Kaffee.«

Erst jetzt fällt mir auf, dass sie noch gar nicht angezogen ist, sondern nur einen Schlafanzug und einen leichten Morgenmantel trägt.

Wenig später sitzt sie mit angezogenen Beinen neben mir, zuppelt sich einen Teil meiner Decke über die Knie und nippt an einer Tasse mit frischem Filterkaffee.

»So, jetzt bin ich da. Erzähl!«

»Ich hatte heute Nacht viel Zeit, Silvia, und habe mir etwas überlegt. Ihr sagt doch alle, ich soll nach vorn sehen. Das habe ich gemacht. Aber ich will nicht lange herumreden, sondern komme gleich zum Kern. Also: Was hältst du davon, wenn wir Eika zu uns nehmen?«

»Das ist doch Kimbas Mama, nicht wahr?«

»Ja genau. Ich habe dir doch erzählt, dass Marion nicht mehr mit ihr züchten möchte.«

»Meinst du, dass Marion sie dir gibt?«

»Ich werde sie nachher fragen. Weißt du, es wäre doch für alle schön. Ich hätte mit Eika wieder ein Stück Kimba hier und würde gleichzeitig ein gutes Werk tun. Eika ist mit ihren sieben Jahren schon auf dem Altenteil. Marion wird sich bestimmt freuen, wenn ich sie nehme.«

»Bist du denn schon bereit, dich um ein anderes Tier zu kümmern?«, will Silvia wissen. »Wenn du nur einen zweiten Kimba willst, tust du Eika unrecht!«

Silvias Einwurf ist berechtigt, aber ich habe diese Frage schon die halbe Nacht hin und her gewälzt.

»Ich weiß, Silvia, darüber habe ich auch nachgedacht. Erst einmal: Es gibt keinen zweiten Kimba. Er ist einmalig. Aber ich habe so viel Liebe in mir, dass sie irgendwohin muss. Ich muss sie einem Tier geben. Und mit Eika bekommt sie ein Hund, der noch eine Bindung zu Kimba hat, denn es ist die Mama – und es ist ein Tier, das sie wirklich braucht. Ich glaube, Eika und ich tun uns gegenseitig gut. Genau das reizt mich an der Idee!«

Ich nehme nun auch einen Schluck Kaffee und sehe Silvia ernst an. »Also, was meinst du?«

Silvia lächelt.

»Also, um es ebenfalls abzukürzen: ich habe kein Problem damit. Ich freue mich, wenn hier wieder ein großer Hund einzieht. Wenn es Eika sein soll, gern. Wenn du dann wieder schläfst und isst, noch besser.«

Silvia beugt sich nach vorn und nimmt die Müslischale vom Tisch.

»Hier, und bevor du dich um Eika kümmerst, kümmerst du dich erst einmal um dich. Sonst müssen wir gar nicht weiter über das Thema nachdenken.«

Wenn Silvia etwas möchte, wirkt sie immer sehr entschlossen. Ihre Augen blitzen mich kampfbereit an. Ich weiß, was das heißt: Sie duldet keinen Widerspruch.

Ich tauche den Löffel ins Müsli und lächle sie liebevoll an.

»Gewonnen!«, sage ich mit scherzhaftem Unterton und freue mich jetzt sogar auf das Essen. Ich weiß, warum das so ist: Ich habe eine Lösung, wie mein Leben weitergehen kann. Das Drehbuch bekommt ein neues Kapitel.

*

»Du möchtest Eika?« Marion sieht mich ungläubig an. »Aber Natalie, das macht deinen Kimba nicht wieder lebendig. Jedes Tier ist anders. Du kannst nicht einfach Eika zu dir nehmen und alles ist wie vorher. Das Leben funktioniert nicht so …«

»Alles gut!«, unterbreche ich Marions Redefluss. »Ich habe das schon verstanden. Ich will nicht ein Tier gegen ein anderes tauschen. Ich glaube nur, es tut uns beiden gut, wenn Eika bei mir lebt.«

»Lass mich darüber nachdenken«, meint Marion, und weil ihr Handy klingelt, muss sie mich ziemlich abrupt stehen lassen.

Ich nutze die Zeit und gehe zu Eika. Die Hündin liegt entspannt im Auslauf. Als sie mich sieht, kommt sie sofort angelaufen. Eika ist wesentlich heller als Kimba und hat auch nicht diese zarte Statur. Sie ist ein ganz normaler Rhodesian Ridgeback und, ohne Kompromisse eingehen zu müssen, ein schönes Tier.

»Na, Mama, ich sage dir jetzt nicht, was mit deinem Sohn passiert ist. Das ist nicht wichtig. Aber ich sage dir, was ich vorhabe: Lass uns das Leben gemeinsam meistern.«

Und dann gehe ich zu ihr, setze mich auf den Boden und nehme sie in den Arm. Es fühlt sich so vertraut an und doch so fremd. Aber es ist schön.

Ich besuche Eika auch noch einmal, bevor ich Feierabend mache und nach Hause gehe. Ich weiß, dass Marion sie mir gibt. Weil sie mich gernhat und will, dass es uns beiden gut geht.

Zwei Tage später sitzt Eika auf einer neuen Kunstfelldecke, knabbert an einem Kauknochen und sieht Silvia und mir ganz entzückt beim Abendessen zu. Eika fühlt sich auf Anhieb wohl bei uns. Brezel hat sie schwanzwedelnd begrüßt, und unser erster großer Spaziergang war unkompliziert. Eika ist nicht so ein Draufgänger wir ihr Kimba. Es mag am Alter liegen, aber vielleicht auch am Charakter. Eika ist lieb und folgsam. Sie hat mich immer im Auge, dabei aber wenig Blödsinn im Kopf.

»Es ist ganz schön, wenn man nicht immer aufpassen muss«, sagt Silvia lächelnd, während sie mir einen selbst gemachten Couscous-Salat anbietet. »Eika zerfetzt keine Decken und räumt auch keine Deko von der Fensterbank. Irgendwie ist das ganz entspannend.«

»Eika hat ja auch keinen Patienten zu bewachen, vergiss das nicht. Kimba hat immer genau gespürt, wie es mir geht, und feinste Stimmungen wahrgenommen. Er war mein Therapeut. Dank ihm habe ich Vertrauen in mich und meine Fähigkeiten gewonnen und mir zugetraut, das Leben zu meistern. Er hatte einen Job, verstehst du. Eika sitzt hier mit drei munteren Seelen im Wohnzimmer und kann sich ganz entspannt um ihren Kauknochen mit Lachsgeschmack kümmern.«

Und während ich den Salat mit gebratenem Gemüse genieße, plaudere ich weiter von Kimba, und Silvia lächelt mir zu und hört sich auch zum hundertsten Mal geduldig meine schönsten Kimba-Anekdoten an.

*

Heute erwartet mich etwas Unglaubliches. Wir haben ein Familientreffen. Jenny hat ein Zusammensein in Esthers Garten organisiert, damit auch Fabian dabei sein kann.

Vor über 20 Jahren habe ich mit wenigen Habseligkeiten mein Elternhaus verlassen und bin in ein Kinderheim gezogen, das man mir damals als WG verkauft hat. Mit meinem Auszug ist auch der letzte Rest Familie auseinandergefallen.

Aber jetzt, an einem herrlichen Herbsttag, sollen wir Kinder uns wiedersehen. Papa ist nicht eingeladen. Das finde ich okay. Aber es geht ihm gut. Das freut mich. Ich wünsche ihm wirklich nichts Schlechtes, doch ich habe ihm nichts zu sagen.

Schon Tage vor dem Treffen bin ich aufgeregt und kann nachts kaum noch schlafen.

»Reg dich doch nicht jetzt schon auf!«, hat Silvia versucht, mich zu beruhigen, und zum Glück vorgeschlagen mitzukommen. Die ganze Fahrt über male ich mir ununterbrochen aus, wie unsere erste Begegnung wohl sein wird.

Ich denke auch an die anderen Menschen, die meinen Lebensweg begleitet haben. Ich habe noch zu allen Kontakt. Evi besuche ich zwar nur selten, aber regelmäßig. Bei Ulla gibt es auch heute noch leckeren Kuchen für mich. Carola ist mit

Rainer nach Norddeutschland gezogen, aber wir haben WhatsApp-Kontakt. Es geht ihr gut. Sogar mit Frau Hirmer, die mittlerweile im Ruhestand ist, tausche ich mich noch regelmäßig aus. Kürzlich hat sie mich sogar besucht.

Und jetzt endlich schließt sich der Kreis.

Esther hat einen langen Tisch im Garten aufgebaut und zwei Bänke dazugestellt. Fabian ist da, wirkt ungewöhnlich entspannt, und wir gehen ganz normal mit ihm um. Wir wissen nicht, ob und was er versteht, und so tun wir einfach so, als wäre alles ganz selbstverständlich. Mittlerweile weiß man, dass er irreparable Hirnschäden hat und lebenslang ein Pflegefall bleiben wird. Aber es ist denkbar, dass er etwas versteht und unter dem Locked-in-Syndrom leidet. Er bekommt demnach etwas mit, kann sich aber nicht artikulieren.

Bei Fabian ist es besonders dramatisch, weil er nicht mal, wie andere Betroffene, mit den Augenlidern kommunizieren kann. Seine Augen sind dauerhaft geschlossen. Es ist grausam. Aber wir verdrängen es, so gut es geht, genießen einfach, dass wir nach all den Jahren wieder einmal zusammenkommen.

Jenny und ihr Freund sind natürlich auch schon da. Er heißt Wolfgang und ist ein sehr sympathischer Mann, mit dem wir uns alle auf Anhieb verstehen. Lucas trudelt wenige Augenblicke später ein. Ja, und dann taucht Julian plötzlich auf, nach Fabian mein zweiter großer Bruder. Er ist kräftig, gut aussehend und strahlt mich freundlich an. Fast 20 Jahre habe ich ihn nicht mehr gesehen. Bei meinen wenigen Besuchen in meinem Elternhaus war er nie da. Anfangs war er vermutlich immer mit Freunden unterwegs und später hat er in einer eigenen Wohnung gelebt.

Mir schießen sofort Tränen in die Augen, und auch Julian

ist gerührt. »Natalie«, sagt er leise, nimmt mich in seine Arme, und wir halten uns minutenlang fest. Ich weiß von Jenny, dass er sehr zurückgezogen lebt, am liebsten allein ist. Früher hätte man gesagt, er ist ein Eigenbrötler, aber ein sehr freundlicher. Julian arbeitet als Hausmeister und erzählt wenig, aber engagiert von seinen Aufgaben.

Und dann sitzen wir da und plaudern über unseren Alltag, den Herbst, das Leben allgemein. Ein bisschen hoffe ich die ganze Zeit, dass unser Nesthäkchen, Jonas, noch auftaucht. Ich habe ihn das letzte Mal gesehen, als er 13 war. Jetzt ist er 28. Ob er kommt?

»Er weiß, dass wir heute hier sind«, sagt Jenny. Sie scheint meine Gedanken gelesen zu haben. »Aber ich denke, er hat Dienst. Er arbeitet doch als Sanitätshelfer und hat unregelmäßige Einsätze.«

Ich denke an früher, an die Zeit, als ich die drei Kleinen durchbringen wollte und schon morgens mit dem Gedanken daran, wie sie satt werden würden, aufgewacht bin. Ich denke an Julian und Fabian, die immer in ihrem Zimmer saßen und an der Spielekonsole daddelten. Wir waren Kinder ohne Halt und Liebe, ohne Fürsorge und Zuwendung und wurden brutal auseinandergerissen. Jeder von uns ist einen schweren Weg gegangen, und jeder von uns hat an seiner Kindheit und Jugend zu tragen.

Ich bin sehr, sehr nachdenklich und dankbar, als Silvia mir anbietet, ein paar Minuten mit ihr und den Hunden spazieren zu gehen.

»Wir Menschen brauchen die Fähigkeit, Beziehungen zu anderen Menschen einzugehen und zu erhalten. Sie sind lebenswichtig, um zu lernen, zu arbeiten, zu lieben, schlichtweg, um zu überleben«, sage ich ihr, und die gerade gehörten Erzählungen meiner Geschwister drehen sich in meinem Kopf.

»Ich habe gelesen, dass sich die Fähigkeit, Gefühlsbindungen aufzubauen und zu erhalten, während der Kindheit entwickelt«, steigt Silvia sofort auf das Thema ein. »Die in diesen Jahren gemachten Erfahrungen sind entscheidend für die Fähigkeit, innige Beziehungen einzugehen. Erinnere dich, was uns der Therapeut einmal gesagt hat: Mitgefühl, Zärtlichkeit, das Beherrschen eigener Aggressionen, all das hängt von der Bindungsfähigkeit ab, die in der Kinderzeit ausgeprägt wird.«

»Ja, ich weiß es noch genau. Er meinte, dass die Mutter-Kind-Bindung entscheidend für die künftige Beziehungsfähigkeit eines Kindes sei. Sie ist quasi das ›Modell‹ für alle weiteren Bindungen, die ein Mensch eingeht. Kinder können durch die Mutter sichere und unsichere Bindung erfahren. Man muss also die richtigen Erfahrungen zum richtigen Zeitpunkt im Leben machen.«

»Ja, und ihr habt leider alle die genau falschen Erfahrungen gemacht«, seufzt Silvia. »Ich habe euch zugehört, und man kann bei jedem beobachten, was passiert, wenn man keine sichere Bindung erlebt hat. Eure Vernachlässigung in der Kindheit hat bei allen Spuren hinterlassen. Ihr seid Kinder, die keine körperliche Nähe erlebt haben, keine Fürsorge in Notlagen kennen, Kinder, die sich nie umsorgt und geborgen gefühlt haben. Ihr habt die Fähigkeit, Beziehungen einzugehen, nicht vermittelt bekommen und bis jetzt Probleme damit.«

Ich nicke. Es ist schön, wie gut Silvia mich kennt und versteht. Je länger die emotionale Vernachlässigung gedauert hat, desto größer werden die Probleme im sozialen Miteinander. Das weiß ich nur zu gut.

Aber es gibt Hoffnung. Denn ich habe erlebt, dass die verloren gegangene oder damals gar nicht ausgebildete Liebesfähigkeit durch spätere positive Erfahrungen kompensiert werden kann.

Doch es ist ein langer und schwieriger und für die Betroffenen wie mich ein frustrierender Weg.

»Ich bin ein Paradebeispiel«, sage ich lachend. »Du weißt doch, was man mir alles erzählt hat in den Therapien. Kinder, die von ihren Eltern abgelehnt wurden, hätten Schwierigkeiten, emotionale Nähe zu entwickeln, viele hätten ein gestörtes Verhältnis zum Essen, als Erwachsene Essstörungen. Trifft genau zu.«

»Aber nicht nur das«, wirft Silvia ein.

»Sie bauen Stress mit Selbstverletzungen ab, ritzen, kratzen sich oder haben Aggressionen. Der jahrelang erlebte Mangel an Zuwendung und Mitgefühl verursacht eine schlechte Impulskontrolle.«

»Passt, bingo«, sage ich bemüht locker. »Und vergiss die Ängste und Depressionen nicht. Wir Betroffenen wissen nicht, wie man mit Menschen umzugehen hat, und müssen es uns mühsam abgucken und so langsam lernen. Du weißt doch, dass ich mich jedem quasi an den Hals geworfen habe. Ich wollte geliebt werden, egal von wem.«

Silvia legt mir den Arm um die Schulter.

»Aber du hast es gepackt, kannst deine Aggressionen kanalisieren und weißt, wem du vertrauen kannst.«

»Das stimmt«, bestätige ich sie. »Ich bin eigentlich ein Glückskind. Bei meinen Geschwistern weiß ich das nicht. Es gibt Menschen, die später überhaupt keine Gefühlsbindung zu irgendjemandem zulassen können. Es ist doch auffällig, dass bis auf Jenny keiner von uns in einer langjährigen Partnerschaft lebt oder gar verheiratet ist …«

»Ja, aber trotzdem seid ihr alle auf einem guten Weg«, meint Silvia, und ich bin ihr so dankbar, dass wir alles miteinander besprechen können.

Als wir zurückkommen, hat Esther noch ein Abendessen angerichtet. Es gibt leckere Schnittchen, dazu Salat.

Und dann sitzen wir, nach all den Jahren wieder einmal, zusammen im Garten und wirken auf den ersten Blick wie eine ganz normale Familie. Das Leben kann doch gnädig sein.

*

»Knapp 200 Kilometer, mit etwas Glück sind wir in drei bis dreieinhalb Stunden da.«

Silvia hat gerade die Adresse unserer Ferienwohnung in ihr Handy eingegeben, während ich mich entspannt ans Steuer setze und mir eine Flasche Wasser auf die Mittelkonsole stelle.

Wir haben eine Woche Nordseeurlaub gebucht und freuen uns riesig auf die Tage am Meer. Wir, das sind Silvia und ich vorn und Eika und Brezel auf dem Rücksitz.

Es ist Frühjahr, und laut Wettervorhersage erwarten uns bereits richtige Sommertemperaturen.

»Ich habe uns schon einen Strandkorb am Hundestrand gebucht«, freut sich Silvia und hält mir ihr Handy hin, damit ich ein Foto sehen kann.

»Hier sieh mal, da liegen wir beide heute Nachmittag im Sand.«

Der Strand ist sonnengelb und das Wasser saphirblau. Ich

kann es kaum glauben, dass wir bald dort sein werden, und Silvia geht es genauso.

»Ich bin so glücklich, Natalie. Hui, ich freue mich so.«

»Und ich erst, aber noch mehr freue ich mich darüber, dass ich so locker hier einsteige. Erinnerst du dich, wie ungern ich früher am Steuer saß? Mittlerweile fahre ich richtig gern.«

»Und ob ich mich erinnere. Einmal hast du so gezittert, dass ich nur noch ›fahr rechts ran‹ geschrien habe. Zum Glück hast du das auch sofort gemacht.«

»Ja, ich hatte schon Angst, obwohl ich den Wagen noch gar nicht gestartet hatte.«

»Ich weiß, und heute plauderst und singst du beim Fahren, und ich fühle mich kein bisschen unsicher als Beifahrerin. Überleg doch mal, wohin du mich in den letzten Wochen schon überall kutschiert hast.«

»Stimmt! Wir waren sogar in den Alpen, obwohl die Autobahnen mir immer noch ganz schön Respekt einflößen.«

»Was macht dich eigentlich so selbstsicher?«

»Es macht viel aus, wenn man ganz bewusst Verantwortung für sich selbst übernimmt, Silvia. Du weißt ja, dass ich immer gern den Vergleich mit einem Drehbuch ziehe. Ich schreibe meines selbst und fühle mich dadurch zum ersten Mal in meinem Leben sicher, sowohl am Steuer als auch sonst.«

Ich starte den Wagen und lenke ihn sicher durch die Stadt Richtung Landstraße. Wir wollen nicht rasen, sondern entspannt von A nach B fahren. Auch ruhig mal einfach anhalten und eine Pause machen.

Silvia hat uns ein Picknickkörbchen gepackt. Wir brauchen wohl drei Stunden, wie sie ausgerechnet hat, aber wenn es vier oder mehr werden, stört uns das auch nicht.

Unser geliebter Reinhard Mey begleitet uns mit seiner sanften Stimme, die Sonne wärmt uns das Gesicht, und wir fühlen uns rundherum wohl ... Doch leider landen wir schon bald im Stau. Nun gut, wir nutzen die Zeit zum Reden.

»Du sprichst ja gar nicht mehr so viel darüber. Aber was macht denn nun eigentlich deine Angst?«, meint Silvia.

Vermutlich hat sie ein lautes Seufzen von mir auf das Thema gebracht. Allerdings habe ich nur geseufzt, weil mir das Bein vom langen Sitzen schmerzt. Aber egal, ich antworte ihr gern. Angst wird ja immer unser Thema sein.

»Weg ist sie nicht, vermutlich wird sie immer bleiben, aber sie taucht wesentlich seltener auf, und wenn, weiß ich, woher sie kommt und wie ich sie bekämpfen kann. Das ist etwas ganz anderes.«

»Wir haben aber schon zwei oder sogar drei Wochen keine Wortketten mehr gemacht ...«, versucht Silvia sich jetzt zu erinnern.

»Stimmt, aber es ist ja auch so viel Spannendes passiert, dass ich darüber meine Angst vergessen habe. Erinnere dich an die Jobs. Es ist schon aufregend, wenn man plötzlich tolle Fotoaufträge bekommt ... Gestern hat übrigens eine Dame angerufen, die Fotos von ihrem Dackel haben möchte. Ich gehe immer morgens mit ihr spazieren und habe schon einen Termin mit ihr ausgemacht.«

»Bei dir werden aber auch alle Hunde zu Models. Du hast eine Ruhe und Autorität, da gibt auch der hibbeligste Vierbeiner auf.«

»Zumindest vor der Kamera«, ergänze ich.

»Reicht doch auch. Du willst doch schöne Fotos machen.« Silvia fasst mit der Hand nach hinten und streichelt Eika.

»Das hast du aber gut gemacht, Frauchen auf Trab zu halten. Als Dankeschön kann sie dir Leckerlis spendieren.«

Silvia klemmt ihr Handy in die Halterung und sieht mich von der Seite aus fragend an.

»Sag mal, wenn wir schon so entspannt durch die Gegend zuckeln, möchte ich dich noch etwas fragen. Da es dir jetzt so gut geht: Wovon träumst du eigentlich? Da du die Angst so prima unter Kontrolle hast, kannst du dir doch neue Ziele setzen.«

Ich muss schmunzeln. Silvia kennt mich zu gut. Sie erspürt immer, was mich bewegt.

»Ich habe tatsächlich schon darüber nachgedacht, was ich mir jetzt vom Leben wünschen soll. Ich weiß es sogar genau: Ich möchte hinaus aufs Land. Ich denke an einen kleinen Hof mit vielen Tieren. Und in einer Scheune habe ich ein Fotostudio. Morgens fahre ich weiterhin zu Marion, kümmere mich um ihre tollen Hunde, aber am Nachmittag habe ich viel Zeit für Eika, Brezel und all die anderen Vierbeiner, die dann noch bei uns leben.«

»Bei ›uns‹? Das ist ja schön, dass du auch von mir träumst.«

Silvia wird jetzt ganz ernst. »Du, ich möchte deinem Glück in einer Partnerschaft nicht im Wege stehen. Ich habe schon gemerkt, wie dich unser neuer Nachbar aus dem Neubau gegenüber angeflirtet hat.«

»Angeflirtet? Na, sagen wir besser, wie er mich angesehen hat. Von Flirt habe ich nichts gemerkt. Aber mal ehrlich. Ich bin zum ersten Mal in meinem Leben so gut wie angstfrei und kann ein schönes Leben führen. Ich lasse mir das nie wieder kaputtmachen. Wir bleiben eine WG. Du kennst doch den Spruch: ›Never change a winning team‹ – daran halte ich mich.«

»Dann lass uns doch weiter zusammen träumen. Ein Bauernhof klingt gut. Dann hätte ich endlich Platz für meinen Onlineshop und könnte für uns den ganzen Schreibkram und die Buchhaltung erledigen. Das liegt dir ja nicht so richtig, nicht wahr?«

Silvia zwinkert mir frech zu.

Der Verkehrsfunk unterbricht uns. Es gibt weitere Staus. Wir müssen doch mehr Zeit einplanen und kommen erst mit Verspätung aus der Stadt hinaus.

*

»Du, Silvia, bevor wir direkt Richtung Norden fahren, muss ich noch kurz etwas erledigen. Geht schnell, zehn Minuten. Ein kleiner Schlenker nur.«

Silvia nickt, und dann gebe ich Gas. Ich fahre zu Petra und stehe unangemeldet vor der Tür.

Zum Glück ist Petra ganz locker.

»Huch, unerwarteter Besuch. Kommt herein. Möchtet ihr einen Kaffee?«

»Wir sind auf der Durchreise, und ich wollte noch schnell jemanden besuchen.«

»Das ist ja nett, ich freue mich sehr.«

Ich drücke Petra fest – aber dann schiebe ich sie zurück und schüttle den Kopf.

»Ausnahmsweise nicht dich, meine Liebe. Ich muss mal schnell raus. Es gibt jemandem, dem ich etwas erzählen muss …«

Petra versteht sofort, was ich meine, und ich gehe schnell über die Terrasse in Petras Garten.

Am Ende steht diese wunderschöne Kastanie mit der üppigen Baumkrone. Auf dem kleinen Erdhügel wachsen Sommerblumen. Petra muss sie angepflanzt haben.

Ich lege mich rücklings ins Gras und sehe in die Baumwipfel und den dazwischen blitzenden blauen Himmel, und dann erzähle ich Kimba, dass ich ans Meer fahre, dorthin, wo ich auch schon mit ihm war. Aber dieses Mal habe ich keine Angst vor der Autofahrt. Ich habe auch keine Angst, im Stau zu stehen oder mich einsam zu fühlen.

»Es ist allerdings auch nicht schlimm, wenn man mal ein bisschen Angst hat«, vertraue ich dann meinem Seelenhund im Himmel mit leiser Stimme an. »Man muss nur wissen, wie man damit umzugehen hat. Ich kann das, dank dir! Das Leben kann so schön sein.«

Lesejury